AF139368

Keine Gnade für Blondinen

„Der Kriminalschriftsteller ist eine <u>Spinne</u>, die die <u>Fliege</u> bereits hat, bevor sie das <u>Netz</u> um sie herum webt."

Arthur Conan Doyle

Fabio Marotti

Keine Gnade für Blondinen

Ein cooler Bio-Reißer aus der Region

Bibliografische Information der deutschen Nationalbibliothek
Die deutsche Nationalbibliothek verzeichnet diese
Publikation in der Deutschen Nationalbibliografie; detaillierte
bibliografische Daten sind im Internet über http://dnb.d-nb.de
abrufbar.

Von Fabio Marotti sind bereits erschienen
beim Verlag Books on Demand
2013   Es war kein Hexenschuss
2013   Tausche Krähenfuß gegen Lachfalte

Erste Auflage 2013

Gesamtherstellung:
Satz, Herstellung und Verlag:
BoD - Books on Demand, Norderstedt
Umschlaggestaltung: Atelier Rudolfo W.C. Basta

ISBN 9-783732-28448-1

Zu diesem Buch

Geschliffene Sprache und detaillierte kriminalistische sowie kriminaltechnische Kenntnisse - häufig gewürzt mit einer Prise Satire und abgerundet mit einem kräftigen Schluck Erotik - beeindrucken auch in diesem Buch aus Fabio Marottis Feder. Der Autor versteht es, den Leser mitzunehmen bis zur raffinierten Auflösung.

Tobiace Bummare

Die meisten der im Buch genannten Personen sind frei erfunden.

1

Bei hochsommerlichem Bilderbuchwetter raste die schon am frühen Sonntagmorgen sonnengetränkte Landschaft zwischen Frankfurt am Main und Stuttgart an mir mit 230 Stundenkilometern vorüber. Der ICE nahm nun mal leider keine Rücksicht auf die Schönheit unserer süddeutschen Natur; schließlich war er ja von den Reisenden ausschließlich als Kilometerfresser engagiert worden.

Ich hätte eh keinen Blick für saftige Wiesen, gepflegte Weinberge oder verträumte Burgen und Schlösser übrig gehabt. Denn meine Gedanken eilten schon voraus auf das, was mich an diesem Vormittag erwarten würde.

Zum Glück hatte jemand im Zugabteil ein reichlich zerfleddertes Vortages-Exemplar von Deutschlands auflagenstärkstem Blatt zurück gelassen. Und so konnte ich mich etwas ablenken und in die wie üblich selbst für stark Kurzsichtige lesbaren Lettern in schwarz/rot vertiefen: Der Aufmacher „Loddar Mätthäus derzeit ohne Girlie und Trainerjob" sprang mich genauso an wie „Immer mehr ältere Frauen stehen auf junge Lover!". Aber immer noch besser als das, was wohl in einer der nächsten Ausgabe in großen Lettern die Titelseite zieren würde: „Nach dem Discobesuch geschändet! Blutjung, bildhübsch und mausetot! So endete ein hoffnungsvolles achtzehnjähriges Leben jäh auf einer einsamen Wiese. Polizei steht vor Rätsel!"

Eigentlich hatte ich für dieses Wochenende ja Relaxen Hoch Drei eingeplant. Zum Beispiel gemütlich frühstücken, danach eine Stunde Tennis, ein spannendes Buch für die Hängematte und am Sonntag eine kleine Radtour entlang des Mains.

Aber mein oberster Boss in Wiesbaden war wieder einmal anderer Meinung und hatte mir in aller Herrgottsfrühe durch seine ebenfalls aus dem Schlaf und den starken Armen irgendeines Lovers gerissene Sekretärin per Telefon ausrichten lassen, dass am Frankfurter Hauptbahnhof ein Bahnticket für mich bereit läge. Ich sei der richtige Mann für diese Mords-Schweinerei (er hatte nun mal ein Faible für schwarzen Humor) und zudem würde ich mich ja hervorragend in dieser Ecke auskennen.

Normalerweise befasst sich das Bundeskriminalamt ja nicht mit „normalen" Tötungsdelikten. Aber nach den bisher bekannten Details entschloss sich mein Abteilungs-Chef, Kriminaldirektor Schoberhausen, auf Anforderung des Landeskriminalamts, seinen angeblich besten Spürhund im Wege der Amtshilfe von der Leine zu lassen und die Beamten der Kriminalpolizei Heilbronn beratend zu unterstützen. Denn einiges an diesem Fall roch nach Marke oberfaul.

Durch einige mit Hartnäckigkeit, aber auch Glück gelöste knifflige Kriminalfälle hatte ich mir den Beinamen „Eliot Ness von Wiesbaden" erworben. Eine große Ehre für mich, mit diesem legendären FBI-Ermittler in einen Topf geworfen zu werden.

Nun gut. Ein bisschen Luftveränderung kann nie schaden und die Aussicht, den Büromief mal wieder für ein paar Tage gegen frische Landluft einzutauschen, versetzte mich trotz des traurigen Anlasses meiner Fahrt in eine positive Stimmung. Bot mir dieser Ausflug doch auch die Chance auf ein Rendezvous mit meiner alten Heimat. Denn meine Jugendzeit hatte ich bis zum Studium an der Polizeischule in diesem beschaulichen Städtchen an Neckar, Kocher und Jagst verbracht.

Das BKA ist ja bekanntlich eine Bundesbehörde mit hochrangigen Spezialisten auf allen Gebieten der Kriminalistik und wird bei Prävention und Verbrechensbekämpfung länderübergreifend tätig. Insgesamt 5.500 Mitarbeiter stellen sich in den Dienst der Kriminalwissenschaft einschließlich -praxis.

Anscheinend war also wieder einmal die Erfahrung und Routine des Kriminaloberrats Stefan Baumann gefragt. Es war für mich immer wieder von Vorteil, nicht nur das kriminaltechnische Handwerk von der Pike auf erlernt zu haben, sondern auch einige

Semester Medizin vorweisen zu können. Da ich von Jugend an großes Interesse an der forensischen Medizin hatte, durfte ich während der Ausbildung auch noch für ein halbes Jahr in diese Materie reinschnuppern. Bei keinem Geringeren als dem inzwischen recht betagten aber deswegen beileibe nicht weniger weisen Gerichtsmediziner Prof. Hagmüller von der Uni Heidelberg. Einer absoluten Kapazität auf seinem Gebiet.

Ein Arzt, der sich für dieses wohl schwierigste, aber auch faszinierendste Fachgebiet entscheidet, muss nicht nur eine hoch entwickelte Spürnase, sprich den typischen kriminalistischen Riecher besitzen, sondern auch ein medizinischer Allrounder sein: Gynäkologe, Kardiologe, Internist und, und, und....

Er muss – abgesehen von den im wahrsten Sinne des Wortes einschneidenden Erkenntnissen aufgrund der Obduktion – schon auch aus den vorhandenen äußerlichen Spuren am Körper des Opfers auf die Art und Weise der Tötung schließen können, in welchem Zeitrahmen und gegebenenfalls mit welchem Instrument diese erfolgte.

Nachdem ich mich auch in Kolumbien in einem Austauschpraktikum in Sachen Drogendelikte vor Ort weiterbilden konnte, mich während des Studiums an der Polizeischule nebenbei in die Lehre von der

Toxikologie vertiefte und auch bei der KTU (Kriminaltechnische Untersuchungsanstalt) in Ulm in Waffenkunde getrimmt wurde, kann ich ohne Übertreibung behaupten, dass ich über umfassende Kenntnisse bei so genannten unnatürlichen Todesursachen und im Umgang mit deren Hinterlassenschaften verfüge.

Und so landete ich beinahe zwangsläufig beim BKA, das übrigens im vergangenen Jahr sein 60-jähriges Bestehen feiern konnte - sinnvoller Weise bei der Abteilung „ZD", auf deutsch Zentrale Kriminalpolizeiliche Dienste, die sich unter anderem der engen Zusammenarbeit mit den Landeskriminalämtern verschrieben hat.

Inzwischen hatte der Lokführer der recht flotten Museumsbahn bereits den Fuß vom Gas genommen und wir fuhren in den Stuttgarter Kopfbahnhof ein.

Schon auf dem Bahnsteig wurde ich von einem Jüngling, der ein Schild mit meinem Namen hochhob, erwartet. „Gestatten: Klaus Wegner, Besoldungsgruppe A 7, heute abgeordnet als Chauffeur für Kriminaloberrat Baumann vom BKA", stellte er sich vor.

Der junge Kollege hatte offensichtlich Humor und war mir auf Anhieb sympathisch. Nach dieser herzlichen Begrüßung stiegen wir vor dem Hauptbahnhof zu meiner großen Überraschung in einen flotten Audi Q 7, der uns auf schnellstem Weg zum Tatort bringen sollte.

Donnerwetter! Die schwäbische Polizei musste ihren Wagenpark ja ordentlich aufgerüstet haben. Sollte da etwa der neue Innenminister Reinhold Gall eines seiner Sparschweine geschlachtet haben? Aber leider - so erfuhr ich unterwegs — handelte es sich lediglich um einen Werkswagen, den die Firma entgegenkommenderweise für diverse Einsätze zur Verfügung gestellt hatte. Sei es, wie es will. Wir erreichten ohne Stau und in rekordverdächtigem Tempo unser Ziel Bad Friedrichshall.

Dort hatte man bereits vorausschauend für mich ein Quartier im Hotel „Am Eckle" geordert, wo ich rasch eincheckte und meinen Trolly mit den nötigsten Utensilien ablieferte. Schließlich sollte diese Dienstreise ja in keinen Urlaub ausarten. Leider!

Und so wollte ich auch so schnell wie möglich zum vermeintlichen Tatort, um gemeinsam mit den Heilbronner Kollegen vom Dezernat Gewaltverbrechen nach verwertbaren Spuren zu suchen.

Auf dem früher rein landwirtschaftlich genutzten Hof der Familie Friedauer, der inzwischen in ein vom Junior fachkundig geführtes Weingut mit gemütlicher — und wie mir Klaus Wegner unterwegs erzählt hatte – stets gut besuchter Weinstube umgewandelt wurde, erwartete man mich bereits und so führte er mich zum etwa zweihundert Meter in westlicher

Richtung vom Anwesen entfernten Auffindeort des Opfers.

Ich zählte sechs Männer und eine Frau, die auf einer abgemähten Wiese versammelt waren. Die Umrisse eines menschlichen Körpers waren mit rotem Graffiti gekennzeichnet.

Zuerst fiel mir ein bulliger Mann mit ebenso bulligem Kopf und schütterem Haarwuchs auf. Und obwohl ich ihn nur von hinten sah... Da soll mich doch gleich der Teufel kräftig in den Hintern treten, wenn das nicht mein alter Spezi Sepp Holdermüller von der Polizeischule ist! Er drehte sich im gleichen Moment um und Bingo – er war es tatsächlich.

„Schau an, der Herr Kriminaloberrat vom BKA persönlich gibt sich die Ehre! Eliot Ness, der Schrecken aller bundesdeutschen Gangster. Mensch Steff, altes Haus, ist das eine Freude!"

Er quetschte mir mit seinen Pranken, die jeden Maurermeister eifersüchtig gemacht hätten, dermaßen die Finger, dass ich für die nächsten Tage eh das Tennisspielen abhaken konnte. Zur freudigen Erwiderung wollte ich ihn mit einem Ko-uchi-gari (für alle Judounerfahrenen: Kleine Innensichel) an der Wade kitzeln. Anscheinend war ich aber doch etwas aus der Übung, denn er schüttelte sich nur wie ein nasser Hund und kam sofort zur Sache.

„Martina S., achtzehn Jahre alt, wohnhaft in Bachenau, einer kleinen Kreisgemeinde in der näheren Umgebung. Ach entschuldige, du stammst ja von hier. Außer ihrem Personalausweis haben wir bis jetzt in den hinter einem Busch aufgefundenen Kleidungsstücken nichts Verwertbares zu ihrer Person entdeckt. Spermaspuren lassen auf ungeschützten Verkehr schließen. Vermutlich einvernehmlich, da keine Anzeichen von äußerer Gewaltanwendung.

Nach vorläufigen Angaben des Notarztes Dr. Herrmann vom nahe gelegenen Plattenwald-Klinikum vermutliche Todeszeit zwischen 01.00 und 03.00 Uhr in der Nacht von Freitag auf Samstag. Ja, noch etwas: Der Auffindeort muss nicht der Tatort sein. Mit der Todesursache tappen wir noch völlig im Dunkeln. Und über ein etwaiges Motiv wollen wir erst gar nicht fantasieren. Aber ein bisschen Arbeit wollten wir ja auch noch für dich aufheben. Ich freue mich jedenfalls übers Wiedersehen, wenn ich mir auch einen besseren Grund vorstellen könnte.

Wie du siehst Steff, hat es mich nach der Schule nach Heilbronn verschlagen und weil sie angeblich keinen Besseren finden konnten, machten sie mich zum Hauptkommissar und Häuptling aller Tötungsdelikte.

Bei der Gelegenheit kann ich dir gleich dein Begrüßungskomitee, die in aller gebotenen Eile gebildete Sonderkommission „Weinstube" vorstellen. Das Landeskriminalamt hat uns zur Unterstützung diese beiden Kollegen ausgeliehen: Hauptkommissar Stankowsky und Hauptkommissar Weigelt. Aus meinem Heilbronner Dezernat dann Kriminalhauptmeister Jakobs - das ist der blonde Einsneunziger hier - , unser alten Haudegen Kommissar Blaumann, dann der jugendliche Held und Draufgänger Kommissar Müller 2 – Kosename Schimanski - , deinen Chauffeur, den Klaus Wegner, hast du ja bereits kennen gelernt und diese junge Dame namens Sibel Ökücü, die gefährlichste und dazu noch hübscheste Scharfschützin unseres Teams, in die wir alle ein bisschen ohne geringste Aussicht auf Erfolg verknallt sind."

Die Schwäbin mit den unübersehbaren türkischen Wurzeln lächelte mich mit ihren schwarzen Glutaugen dermaßen verschmitzt an, dass ich Sepp bestens verstehen konnte.

„Doch nun zurück zu den bisherigen Erkenntnissen. Der Notarzt wurde gestern Vormittag gegen 07.00 Uhr von der Familie Friedauer verständigt, als der Hofhund bei seiner morgendlichen Verdauungsrunde die Tote aufspürte.

Nochmals: Dieser Todesfall gibt uns allen nur Rätsel auf. Keine Anzeichen auf Ersticken, Erwürgen, Erdrosseln, Ertränken, Erschlagen, Erhängen. Und zum Erfrieren wäre es die falsche Jahreszeit. Keine Hinweise auf Drogenmissbrauch, keine Einstiche, keine

Blutergüsse an den Oberschenkeln. Keinerlei Verdachtsmomente hinsichtlich Suizid. Absolut nichts! Und trotzdem ist dieses Mädel so tot, wie man es überhaupt nur sein kann.

Niemand hörte angeblich Hilferufe oder Fahrgeräusche eines Autos, was aber auch nicht besonders auffällig gewesen wäre, denn die letzten Gäste verließen die Weinstube nach 24.00 Uhr. Und die waren praktisch alle mit dem PKW da.

Ich habe bereits in weiser Voraussicht personelle Verstärkung bei der Bereitschaftspolizei angefordert, damit wir die nähere Umgebung nochmals akribisch absuchen können. Auch ein vierbeiniger Kollege der Hundestaffel wird wohl bald hier rumschnüffeln.

Gestern durfte ich wie üblich die undankbare Aufgabe übernehmen, die Familie der Getöteten in Bachenau zu verständigen. An diese Augenblicke und die anschließende Identifizierung werde ich mich nie gewöhnen können. Ich fahre jetzt nochmals zu diesem Dorf. Vielleicht kann ich doch etwas Neues erfahren. Mir wäre es recht, wenn du hier solange die weiteren Schritte veranlassen und koordinieren könntest. Wir sind als örtlich zuständige Polizeidirektion zwar Herr des Verfahrens, aber in Wirklichkeit darfst du den heimlichen Chef spielen und von mir aus auch gerne die Verantwortung übernehmen."

Sepp begab sich zu seinem Wagen. Er hatte

ja bereits gestern den Gastraum der Weinstube zum „Kompanie-Gefechtsstand" ernannt und so wollte ich - sobald auch das herbeizitierte Bedienungspersonal erschienen war -, mit der Befragung beginnen. Bestimmt konnten sich Inhaber und Angestellte an die meisten der Gäste namentlich erinnern; sie sollten mir soweit möglich eine entsprechende Namensliste erstellen.

Dabei war ich mir jedoch so gut wie sicher, dass keiner aus diesem Klientel mit dem Ableben der jungen Frau in Zusammenhang zu bringen war. Genauso wie ich auf Anhieb der Überzeugung war, dass der wirkliche Tatort irgendwo in der weiteren Umgebung zu suchen war und der Täter die Leiche nur dort abgelegt hatte, um alle in die Irre zu führen – inklusive Polizei. Allerdings sprach auch einiges dafür, dass er über gewisse Ortskenntnisse verfügen musste, denn ein völlig Fremder hätte sich wohl bei Dunkelheit im Gewirr der Feldwege hoffnungslos verfahren und irgendwo in der Pampa übernachten müssen.

A propos Dunkelheit. War nicht zur Tatzeit Vollmond? Das fiel mir plötzlich ein, weil ich an diesem Abend noch lange mit einem Gläschen Wein gemütlich auf meiner Terrasse gesessen war und die laue Nacht genossen hatte. Ich würde Sepp nach seiner Rückkehr fragen, ob er dieses Detail auch registriert hatte. Sofort kamen mir wieder abschreckende Beispiele aus der Fachliteratur in Erinnerung. Perverse Triebtäter, die sich grundsätzlich eine Vollmondnacht für ihre schauerlichen Verbrechen aussuchten, ihre Opfer schlitzten, erwürgten oder ertränkten.

Zurück am Auffindeort der Leiche wollte ich mir nun vom Soko-Team zeigen lassen, was bisher an etwaigem Beweismaterial sichergestellt werden konnte. Vorher schaute ich mir aber genau die Fotos des Polizeifotografen an, die er vom Opfer gemacht hatte. Das auch im Tode noch bildhübsche Mädel mit langem blondem Haar lag auf der Seite, den linken Arm lang ausgestreckt. Keine infolge Schmerzen weit aufgerissenen Augen; vielmehr sah es so aus, als wäre es friedlich eingeschlafen.

Infolge der langen Trockenperiode war der Boden fest wie Beton und hatte für die Spurensicherung keine verwertbaren Reifen- oder Fußabdrücke zurückgelassen. Das niedergetrampelte Gras stammte zwangsläufig von den ermittelnden Kollegen – irgendwie mussten sie ja schließlich ohne zu fliegen zu der Leiche hinkommen. Bestimmt auch keine verwertbaren Reifenspuren auf den angrenzenden Feldern oder den zum Gehöft führenden asphaltierten Feldwegen.

Das Geschehen musste sich wie ein Lauffeuer im Ort herumgesprochen haben, denn auch heute hatten zahlreiche Neugierige ihren obligatorischen Spaziergang oder ihre Walking-Runde kurzerhand in dieses Revier verlegt. Wieder andere verbanden wohl ihren Kirchgang oder Frühschoppen per PKW mit einem Schlenker ins freie Gelände. Aber die Polizisten vom örtlichen Revier hatten das Gebiet bereits am Vortag vorausschauend weiträumig abgesperrt und auch die mittlerweile eingetroffenen Vertreter der Tagespresse musste ich mit karger Informationskost abspeisen. Was hätte ich ihnen auch verraten können? Herzlich wenig oder - besser gesagt - gar nichts.

„Das Opfer ist zwar identifiziert, aber es liegen der Ermittlungsgruppe bisher keinerlei Erkenntnisse über Tatort, Tathergang und Täter vor. Ohne dem Obduktionsergebnis vorgreifen zu wollen, muss mit ziemlicher Sicherheit von einem Tötungsdelikt ausgegangen werden. Kannte das Opfer seinen Mörder? Stammt dieser aus der Umgebung? Lebte die Frau noch, als sie hier abgelegt wurde? Handelte es sich um eine Discobekanntschaft oder um eine Anhalterin? Wurde die Frau missbraucht, kam es zum Streit? Im letzteren Fall hätten jedoch schon beim ersten Augenschein relevante Verletzungen, Kratzer oder Prellungen auffallen müssen. Ob verwertbare Spuren unter den Fingernägeln vorhanden sind, wird sich erst bei genauer Untersuchung zeigen. Kurzum: Die oberflächliche Betrachtung lässt ein mysteriöses

Verbrechen vermuten. Die Heilbronner Direktion hat deshalb auch neben Beamten des Landeskriminalamtes mich als Sachverständigen des BKA im Wege der Amtshilfe angefordert."

Zufrieden waren sie damit natürlich nicht, die zwei Redakteure von der Heilbronner Stimme. Aber was hätte ich ihnen an Informationen sonst auch liefern sollen? Schließlich stocherten wir bis jetzt ja nur im dicksten Nebel herum, obwohl das bei dieser Jahreszeit ziemlich abwegig war. Immerhin witterten sie eine Auflagen fördernde Story. Zum Glück waren solche Todesfälle in der Region Gott sei Dank nicht an der Tagesordnung.

Die aufgefundenen Gegenstände in der weiteren Umgebung des Leichenfundortes lösten bei mir auch keine kriminalistischen Begeisterungsstürme aus. Jeanshüfthose, rotes ausgeschnittenes Top, weiße Sneakers, bunte Sportsocken, schwarzer BH und Tangaslip. Nichts zerrissen wie bei einer versuchten Vergewaltigung, sondern übertrieben ordentlich zu einem Bündel zusammengelegt und hinter einem der wenigen Büsche versteckt. Ließ dies auf einen geradezu pedantischen Täter schließen?

Vielleicht würde ja der inzwischen ein-getroffene Suchhund eine Witterung aufnehmen können?

Tatsächlich kam auch der Polizei-Hundeführer

kurz darauf auf mich zu: „Herr Baumann, mein Arco scheint anhand der Kleidungsstücke eine Spur zu verfolgen. Sie führt in diese Richtung und endet nach etwa einhundertfünfzig Metern ebenfalls auf freiem Feld. Schleifspuren sind nicht zu ermitteln. Also ist meiner Meinung nach davon auszugehen, dass der Täter die Frau getragen und hier abgelegt hat."

Nun, das war immerhin etwas. Vielleicht konnten die Kollegen von der Spurensicherung doch noch irgendwo einen verwertbaren Schuh- oder Reifenabdruck finden. Aber ich hielt dies, ehrlich gesagt, für ziemlich unwahrscheinlich, auch wenn in den letzten Tagen angeblich kein landwirtschaftliches Fahrzeug über dieses Feld gefahren war.

Inzwischen war auch der vom Dezernatsleiter Sepp Holdermüller angeforderte Zug der Bereitschaftspolizei eingetroffen. Ich wies die Beamten ein, in welchem Bereich sie die umliegenden Felder mit größter Aufmerksamkeit nach allem absuchen sollten, was nicht gerade nach Landwirtschaft aussah oder roch.

In diesem Moment kam auch Sepp von seiner Fahrt nach Bachenau zurück. „Die Eltern sind natürlich fix und fertig. Die Mutter hat einen Schock. Dennoch konnte ich sie kurz befragen. Demnach fuhr ihre Tochter Martina am Freitagabend gemeinsam mit ihrer Freundin Elke zu einer Heilbronner Disco, weil sie noch kein eigenes Auto hat. Eigentlich war es abgesprochen, dass sie auch wieder zusammen zurückfahren sollten. Aber irgendwie hatten sie sich im Laufe des Abends aus den Augen verloren und als Elke aufbrechen wollte, war Martina nirgends zu finden. Angeblich hat sie sich mit keinem Jungen angefreundet; zumindest nicht, solange Elke noch dabei war. Aber das kann sie dir ja alles selbst erzählen. Ich habe sie gleich mitgebracht. Außerdem haben mir die Eltern ein paar Fotos von der Martina mitgegeben. Habt ihr in der Zwischenzeit hier etwas Verwertbares gefunden?"

„Ja, Sepp. Auf unsere deutschen Schäferhunde ist Verlass. Dank der adligen Nase von Arco wissen wir jetzt zumindest, ab wo das Opfer zur Auffindestelle geschafft wurde.

Ich schlage vor, dass Sie, Kollegen Jakob und Blaumann, die Nachbarn auf den Aussiedlerhöfen befragen, ob ihnen etwas Verdächtiges aufgefallen ist. Nehmen Sie bitte ein Foto von der Toten mit und erkundigen Sie sich auch bei den örtlichen Tankstellen, ob sie dort in der fraglichen Nacht gesehen wurde."

„Gut, Steff! Und unsere Kriminalmeisterin Sibel könnte mit Müller 2 schon mal zu der betreffenden Disco in Heilbronn fahren und dort Ermittlungen anstellen – falls die Herrschaften des Etablissements zu dieser frühen Stunde überhaupt schon ansprechbar sind."

2

Erst nach mehrmaligem Klingeln an der massiven Stahltüre zur „Disco-Fever-DancingBar" in der Heilbronner Salzstraße öffnete ein verschlafener und entsprechend muffliger Enddreißiger.

„Könnt ihr nicht lesen? Wir öffnen erst um 22.00 Uhr", meckerte seine raue Stimme mit eindeutig südosteuropäischem Dialekt. „Oder hast du etwa deinen BH in der Schmuseecke vergessen, Süße?", fragte er mit einem lüsternen Blick auf die Beamtin.

Seine verlebten Gesichtszüge schalteten aber sofort auf devot um, als ihm Müller 2 seinen Dienstausweis unter die Hakennase hielt. „Kriminalpolizei! Kommissar Müller und Kriminalmeisterin Ökücü. Und nun sperren Sie endlich Ihren Laden auf. Wir haben ein paar Fragen."

„Habt ihr bei der Kripo solchen Personalnotstand, dass ihr jetzt schon `ne Aishe beschäftigen müsst? Und ich dachte schon, die Lady wollte sich als Tabledancerin bewerben. Wäre ich noch nicht mal nicht abgeneigt gewesen. Kommt rein in meine heiligen Hallen. Die Kripo bei mir? Ich habe ein reines Gewissen, zahle meine Steuern pünktlich, sammle keine Pünktchen in Flensburg, habe kein MG im Keller, beschäftige keine Illegalen und verlose keine Drugs."

Das grelle Licht der Neonlampen beraubte die beiden jungen Beamten auch der letzten Illusion einer einladenden Location. Etwa so, wie wenn man bei Tageslicht hinter die Kulissen einer Geisterbahn auf dem Rummelplatz schaute. Sie nahmen an der Bar Platz und der Kommissar legte dem Geschäftsführer das Foto des jungen Opfers vor.

„Herr Radomanju", so hieß der Inhaber des Etablissements, wie sie am Eingang gelesen hatten, „ist Ihnen diese Frau in der Nacht von Freitag auf Samstag aufgefallen?"

„Wie stellen Sie sich das vor? Es ist Wochenende. Wir hatten die Bude hier gerammelt voll. Es war auch wie üblich ein dauerndes Kommen und Gehen. Ich kann mir doch nicht jedes Gesicht merken. Außerdem war ich die meiste Zeit in meinem Büro."

„Das leuchtet ein. Deshalb schaffen Sie bitte für 14 Uhr Ihr gesamtes Personal, das zur fraglichen Zeit Dienst hatte, herbei. Also Türsteher, Bedienungen, Ausschank, Discjockey, Garderobieren. Alle, bis zur Toilettenfrau! Vielleicht kann sich doch irgendwer an das Girl erinnern."

„Jetzt verraten Sie mir aber bitte endlich, warum ich solch einen Aufwand betreiben soll", sagte der Disco-Boss. „Wurde dieser Lady etwa das Handy gestohlen?"

„Wir sind vom Dezernat Tötungsdelikte,

Herr Radomanju", erklärte Sibel Ökücü. „Die Leiche dieser jungen Frau wurde auf einem Feld in Bad Friedrichshall aufgefunden. Und wir wissen definitiv, dass sie sich mit ihrer Freundin in Ihrer Disco aufhielt."

„Um Himmels Willen, Mordkommission! Auf diese Art Werbung kann ich nun wirklich verzichten. Aber wenn das so ist, werde ich selbstverständlich alle Angestellten und Aushilfen zusammentrommeln. Ich hoffe aber, dass wir heute Abend wenigstens pünktlich aufmachen können.

„Es liegt an Ihrem Personal, wie schnell wir wieder von hier verschwinden. Und nebenbei: Wir würden auch lieber privat in unserer Freizeit hier ein flottes Tänzchen auf die Fliesen legen!"

„OK, Sie machen ja auch nur Ihren Job. Dann sehen wir uns wieder um 14 Uhr."

3

Inzwischen hatten wir uns in der Einsatzzentrale bei den Wirtsleuten Friedauer zur Bestandsaufnahme versammelt. Dankbar nahm ich ihre Einladung zu einem verspäteten, dafür aber umso reichhaltigeren Frühstück an; schließlich hatte mein Magen an diesem Morgen noch nicht viel Essbares zu schmecken bekommen. Wenigstens hatte das Foto von der nackten Frauenleiche zwischenzeitlich meinen Appetit merklich gezügelt. Aber bei den hausgemachten Schmankerln, wie man sie in der Großstadt Frankfurt nicht auf den Tisch bekommt, konnte ich nicht widerstehen: Rauchfleisch - hauchdünn geschnitten -, Rührei, Käseauswahl und eigene Marmelade. Und dazu das frisch gebackene Besenbrot. Fast hätte ich den Grund meines Hierseins vergessen können.

Andreas Friedauer, der Juniorchef und als studierter Weinbautechniker sehr erfolgreicher Produzent edler Tropfen, legte mir eine namentliche Aufstellung der Gäste vor, an die sich die Familie und die Bedienungen erinnern konnten. Wir würden sie allesamt aufsuchen dürfen. Also wieder einmal die übliche stumpfsinnige Fußarbeit, die in den 90-minütigen Fernsehkrimis leider immer viel zu kurz kommt.

Wer unter den Gästen nicht persönlich

bekannt war, den kannte man vielleicht zumindest vom Sehen. Ein „Reingeschmeckter" - also völlig Fremder - war ihnen nicht aufgefallen. Das hieß, dass wir diesen Personenkreis vorerst ausklammern konnten.

Wir hatten somit bis jetzt nichts Habhaftes in der Hand. Keine auffälligen Personen, keine Fahrzeugspuren, keine Wahrnehmungen von Nachbarn und sonstigen Zeugen, die sich rein zufällig mitten in der Nacht ebenfalls in dieser Ecke aufgehalten hätten. Blieb uns nichts anderes übrig, als das Ergebnis der Obduktion abzuwarten.

Die Tageszeitung würde auch erst am Montag einen Zeugenaufruf veröffentlichen können. Wichtig erschien mir, den regionalen Rundfunksender in Form eines Hinweises in den stündlichen Nachrichten um Unterstützung zu bitten. Am nächsten Tag sollte über den Verlag des örtlichen Mitteilungsblattes zusätzlich in jeden Friedrichshaller Briefkasten eine Hauswurfsendung verteilt werden. Doch auch diese konnte angesichts unserer immer noch sehr dürftigen Informationen und Mutmaßungen nur recht allgemein formuliert werden.

Es war zum Haare raufen. Sherlock Holmes und Doktor Watson hätten sich bestimmt mit Begeisterung dieses Falles angenommen. Aber hier würde wohl auch das Absuchen der Felder mittels Lupe und das Rauchen noch so vieler

Pfeifen nicht zum schnellen Erfolg führen. Und genau diesen erwartete man von uns, der Polizei, dem Freund und Helfer. Denn „wofür zahlt man schließlich seine Steuern?"

Ich musste zu diesem Zeitpunkt auch als mit allen Wassern gewaschener Kriminalist einräumen, vor einer Wand ohne Türe zu stehen. Aber Kapitulieren gibt's nicht, gilt nicht, nicht bei Stefan Baumann. Außerdem waren wir ja noch ganz am Anfang der Ermittlungen. Und Ungeduld lähmt bekanntlich das Denkvermögen.

Also: Abwarten, ob sich aus der Befragung der Nachbarn, der Tankstellenbetreiber oder des Discopersonals etwas Neues ergibt.

4

Uwe Kretzsche räkelte und streckte sich wohlig auf seinem Bett. Sein verschlafener Blick auf den Wecker verriet ihm, dass es zehn Uhr war. Also Zeit zum Aufstehen, um nach einem ausgiebigen Frühstück fürs Wochenende einzukaufen.

Der Junggeselle, der aus dem sächsischen Zwickau mangels beruflicher Zukunft ins Schwabenland gewechselt war, bewohnte im Heilbronner Norden ein Ein-Zimmer-Appartement, das ihm sein Arbeitgeber vermittelt hatte. Für den gelernten Pharmazeutisch-technischen Assistenten war es ein Leichtes, hier eine Anstellung zu finden. Zudem verfügte er mit seinen zweiunddreißig Jahren über Berufspraxis. Die Medicus-Apotheke freute sich jedenfalls über die kompetente Verstärkung im Team. Ein netter Kollege, der sich sowohl gegenüber der Kundschaft als auch zum Besitzerpaar freundlich und zuvorkommend erwies, auch wenn er oft dem weiblichen Geschlecht gegenüber etwas gehemmt und linkisch wirkte.

Als ihn die Chefin, Frau Dr. Müller-Heckmann, einmal darauf ansprach, ob er denn keine Freundin habe, bekam sie nur eine ungewohnt harsche, ausweichende Antwort. Daraufhin war dieses Thema bei der Belegschaft tabu. Uwe Kretzsche verzichtete auch tunlichst darauf, Einzelheiten über sein Privatleben auszuplaudern. Allem Anschein nach war er ein Einzelgänger, der einen guten Job machte und die meiste Zeit in seiner kleinen Wohnung verbrachte. Nur so viel hatte er herausgelassen, dass er abends und an den Wochenenden gerne mit seinem altersschwachen Opel Vectra die nähere Umgebung erkunde und des Öfteren an die Ehmetsklinge zum Baden fahre.

An diesem Samstag fiel der im gegenüber liegenden Haus wohnenden betagten Witwe Ohnsorg auf, wie er kurz vor Mittag den Kofferraum seines Wagens und auch das Wageninnere gründlich reinigte. Das hatte der stets freundlich grüßende Mieter mit dem unverkennbaren Dialekt in den drei Monaten, die er nun hier wohnte, noch nie getan. Frau Ohnsorg maß diesem Umstand jedoch keine besondere Aufmerksamkeit bei. Vermutlich hatte er irgendetwas Schmutziges transportiert. Vielleicht wollte er auch nur das Auto einer Generalreinigung unterziehen, um es zum Wochenendausflug in sauberem Zustand zu haben.

Der Zwickauer fühlte sich an diesem Morgen schlapp und überhaupt nicht wohl in seiner Haut. Bestimmt war wieder einmal der verdammte Vollmond Schuld an seinen rasenden Kopfschmerzen. Zudem war es spät geworden in der Nacht und er war erst um vier Uhr ins Bett gekommen. Er hatte sich zu einem

Discobesuch entschlossen, wo man ihn gleich am Eingang mit den netten Worten „Na, Opa, auch noch mal was Junges anbaggern kurz vor dem Abkratzen?" begrüßt hatte. Nach dieser blöden Anmache war ihm schon beinahe die Lust vergangen. Aber nachdem er nun schon mal hier war.....

Im Nachhinein war er doch froh, denn er traf rein zufällig an der Theke eine Kundin aus der Apotheke.

Die hübsche blonde Frau war ihm bereits während der Woche aufgefallen, als sie einen Dreimonatspack Verhütungspillen gekauft hatte, aber ihr Gespräch hatte sich ausschließlich auf das Geschäftliche beschränkt. Gerne hätte er sie auf ein Eis am Feierabend eingeladen, aber wie üblich hatten ihm seine Hemmungen einen Strich durch die Rechnung gemacht.

Jetzt aber in dieser neutralen Umgebung nahm er allen Mut zusammen und forderte sie zum Tanzen auf. Die nächsten Stunden konnte er sich dann mit Martina - so hatte sich das Mädchen vorgestellt - angeregt unterhalten, sie waren sich auf der Tanzfläche auch körperlich näher gekommen und er war auch immer wieder zwischendurch mit ihr nach draußen gegangen, um etwas frische Luft zu schnappen. Irgendwann wurden dann sogar harmlose Küsse ausgetauscht.

Ihre Freundin Elke hatte sich inzwischen

einer Clique junger Männer angeschlossen und Martina dadurch aus den Augen verloren. Als sie gegen zwei Uhr wie vorher abgesprochen nach Hause wollte, war Martina in dem nervigen Scheinwerfergeflimmer und Gewühle zuckender Leiber nirgends aufzufinden. Also fuhr sie wohl oder übel alleine zurück nach Bachenau. Ganz wohl war ihr nicht dabei und ein schlechtes Gewissen verfolgte sie bis ins Bett.

5

In der Pathologie der SLH-Kliniken Am Gesundbrunnen in Heilbronn stand der Rechtsmediziner Dr. Gerold Hammer am Seziertisch vor der Leiche, die am Samstagnachmittag hier eingeliefert worden war. Er hatte sie bereits von allen Seiten gründlich untersucht und keinerlei äußere Anzeichen für Gewaltanwendung feststellen können. Also blieb gar nichts anderes übrig, als auch diesen jugendlichen, schönen Körper zu öffnen. Schließlich warteten alle Ermittlungsstellen bereits sehnsüchtig auf ein Ergebnis. Verflixt! Es musste doch einen Hinweis auf die Todesursache geben! Hatte sie vielleicht gesundheitliche Probleme gehabt und war an Kreislaufversagen verstorben? Oder war die junge Frau etwa vergiftet worden? Aber womit und auf welche Weise?

Inzwischen war auch ich in der Pathologie eingetroffen und stellte mich vor. „Hallo, Doktor, können Sie schon etwas sagen?"

„Ich stochere bis jetzt genauso im Ungewissen wie Sie, Herr Baumann", bedauerte Dr. Hammer. „Alles, was ich bis jetzt zweifelsfrei sagen kann ist, dass der Tod gegen 03.00 Uhr – plus minus eine halbe Stunde – eintrat und dass die junge Frau vorher noch ungeschützten Geschlechtsverkehr hatte. Also quasi die Bestätigung dessen, was der Arzt vor Ort bereits festgestellt hatte."

„Dann ist ja alles ganz einfach – jetzt müssen wir nur noch den dazugehörigen Beischläfer finden", sagte ich sarkastisch. In der Praxis würde dies bedeuten, von allen männlichen Besuchern der Disco eine DNA-Probe zu nehmen. Aber dieses Vorhaben war selbstredend von vornherein zum Scheitern verurteilt. Denn auf einen Aufruf hin würden sich garantiert nicht alle Gäste melden – und schon gar nicht derjenige, der Dreck am Stecken hatte. Nein, dem samstäglichen Sperma-Spender würden wir wohl wieder wie so oft nur durch freundliche Unterstützung des Kollegen Zufall auf die Spur kommen.

„So, und jetzt lassen Sie mich bitte meine Arbeit tun, Herr Baumann", gab mir Dr. Hammer den Wink zum Aufbruch. „Schließlich wollen Sie ja möglichst vorgestern ein Ergebnis haben."

Er hatte ja Recht. Außerdem war ich wirklich nicht versessen darauf, ihm beim Herumschnippeln an diesem makellosen Frauenkörper zuzuschauen. Und er musste es mir angesehen haben.

„Hauen Sie schon ab!" wurde er plötzlich laut. „Oder glauben Sie, mir macht das immer Spaß? Ich habe eine Tochter in diesem Alter, und wenn ich mir vorstelle...."

Ich konnte ihn gut verstehen. Obwohl man in diesem Beruf nach einer gewissen Zeit abstumpft und der Tod zum täglichen Begleiter wird, geht es einem doch irgendwie immer wieder an die Nieren.

Hoffentlich hatte sich in unserem Gefechtsstand in der Zwischenzeit etwas Neues ergeben. Und wenn es nur eine winzige Nadel im Heuhaufen wäre.

6

Wieder in Bad Friedrichshall angekommen, wollte ich mir nochmals in aller Ruhe und Gründlichkeit die umliegenden Felder anschauen. Vielleicht hatte der mutmaßliche Täter von ihm unbemerkt irgendetwas verloren, das bei der späteren Identifizierung hilfreich sein könnte. Und sei es auch nur ein Zigarettenstummel oder ein Streichholzbriefchen, ein abgerissener Knopf oder ein Wundpflaster. Man ist in solchen Fällen ja für die kleinste Kleinigkeit dankbar.

Den Beamten der Bereitschaftspolizei war trotz peniblem Absuchen des Bereiches um den Leichenfundort nichts Auffälliges untergekommen.

Voll konzentriert ging ich entlang eines landwirtschaftlichen Zufahrtsweges, der zu der Stadt hinführte. Tausend Gedanken drehten sich in meinem Kopf. Was war in dem Auto geschehen? War es zu einem Kampf zwischen Täter und Opfer gekommen? Keinerlei Anzeichen deuteten darauf hin. Aber lässt sich jemand ohne jegliche Gegenwehr einfach umbringen? Und wie? Wenn man wenigstens den Wagen finden würde, mit dem zweifellos die beiden in diese Gegend gefahren waren und vermutlich auf der Rückbank auch Geschlechtsverkehr hatten.

Hatten wir etwas Wichtiges übersehen oder einfach vergessen? Und da plötzlich ging mir ein Licht auf – hell wie Osram. Die junge Generation ab Grundschulklasse 1 besitzt doch heute ein Handy. Das ist geradezu Pflichtprogramm. Wobei die Fortgeschrittenen sich an Smartphone oder iPad austoben. Besonders, wenn man auf dem Land lebt, wo das Unterhaltungsangebot und die Verkehrsanbindungen nicht gerade Luxusqualität aufweisen. Aber niemand hatte ein solches Gerät in der näheren Umgebung entdeckt und der Nase des Kollegen Arco wäre es bestimmt nicht entgangen.

Ich nahm mir vor, sofort bei den Eltern von Martina nachzufragen, ob ihre Tochter ein solches Kommunikationsspielzeug besessen hatte. Mir war in diesem Moment klar: Ihr Handy - oder was auch immer - würde uns auf die Spur des Täters führen; womöglich hatte sie auch noch irgendeine Nachricht für ihre Freundin Elke hinterlassen.

So in Gedanken versunken, hätte ich um ein Haar etwas übersehen. Denn plötzlich leuchtete unter einem Grasbüschel etwas Rotes hervor. Von der Sonne reflektiert, lag da ein Stück Stanniolpapier, wie es beispielsweise zum Einwickeln von Pralinen verwendet wird. Bei trübem Wetter hätte ich den rot glänzenden Papierfetzen mit Sicherheit gar nicht registriert. Da er vollkommen sauber war, befand er sich bestimmt auch noch nicht lange an dieser Stelle. Vielleicht war er aber auch vom Wind hierher geweht worden.

Ich warf keinen weiteren Blick darauf, sonst wäre mir bestimmt der Aufdruck auf der anderen Seite aufgefallen. Gummihandschuhe hat man als Fahnder immer in der Tasche. Und so legte ich das bunte Papierchen vorsichtig in eine Plastikhülle. Endlich Arbeit für die KTU! Mit ein bisschen Glück Fingerabdrücke von der Toten.

Aber die große Frage lautete nun: Was befand sich ursprünglich in diesem Papier? Ich würde die Sache nachher mit der Soko besprechen. Vielleicht hatten die anderen eine Idee – vor allem Sibel. Frauen sind ja bekanntlich Naschkatzen und kennen sich in diesem Metier - von Ferrero Küsschen bis Omas Auslese - hervorragend aus.

Doch wie das so ist in meinem fortge- schrittenen Alter: Man steckt sich etwas in die linke Hosentasche und deckt den Mantel des Vergessens darüber. Und wenn man Pech hat, verpuppt es sich bei der nächsten Wäsche zu Pappmasché.

7

Endlich war es Abend geworden und unsere komplette Mannschaft traf sich wieder im Nebenzimmer der Weinstube. Familie Friedauer hatte uns freundlicherweise eingeladen und tischte uns ein für diese Gegend typisches *Besen-Vesper* auf.

Der Gastraum war heute Abend für einen Jahrgang reserviert und wir hatten keine Bedenken, dieses Treffen trotz der traurigen Begleitumstände zuzulassen. Nebenbei konnte man ja auch die Anwesenden befragen, ob ihnen am Vortag vielleicht etwas Ungewöhnliches aufgefallen war.

„Kollegen, mir ist vorhin bei meinem Solo-Rundgang noch etwas eingefallen, was von großer Bedeutung sein könnte. Haben eure kleinen grauen Gehirnzellen eigentlich registriert, dass wir bisher trotz intensivster Suche weder ein Handy noch etwas Ähnliches gefunden haben?"

Den anderen verschlug es für einen Moment die Sprache. „Mensch Steff, du bist genial", platzte Sepp Holdermüller heraus. „Jetzt sieht man wieder mal, warum du in einer höheren Gehaltsgruppe schwebst! Warum sind wir Blödmänner bloß nicht auf das Simpelste gekommen? Okay, Nachfrage wird gleich nach dem Abendessen erledigt."

Aber erstmal genossen wir unser schwäbisches Mahl in dieser urigen Atmosphäre. Andreas Friedauer kredenzte uns als Zugabe noch einen Schluck vom Feinsten: einen Lemberger Barrique aus dem Eichenholzfässchen. Die Stimmung lockerte sich rasch nach diesem für alle Beteiligten anstrengenden Tag und ein paar Stunden vergingen ganz ohne Fachsimpelei.

Eigentlich hatte ich nach diesem entspannten Ausklang keine Lust, alleine in meinem Hotelzimmer vor der Flimmerkiste zu hocken und so stimmte ich spontan zu, als Kriminalmeisterin Sibel Öküzü mir vorschlug, doch das Angenehme mit dem Nützlichen zu verbinden und der bewussten Heilbronner Disco nochmals einen – privaten – Besuch abzustatten. Das Funkeln in ihren Augen hätte mich eigentlich warnen müssen. Doch ich tappte völlig arglos in die Falle. Sie wollte mich um 22.00 Uhr vom Hotel abholen.

Ich lehnte das gut gemeinte Angebot von Sepp ab, mich dorthin zu kutschieren. Denn viel lieber wollte ich per pedes die frische Luft genießen und noch ein wenig meinen Gedanken freien Lauf lassen. Die fünfzehn Minuten Fußmarsch durch die alte Heimat würden mich bestimmt etwas ablenken und mir wieder einen freien Kopf bescheren.

Frisch geduscht und leger gekleidet wartete ich auf die junge Kollegin. Pünktlich hupte sie mich aus dem Zimmer und wir fuhren in lockerer Unterhaltung zum Heilbronner Industriegebiet.

Der Chef des Etablissements empfing uns samt schwergewichtigem Türsteher und einem schmierigen Grinsen: „Oh, die liebreizende Zuckerschnecke vom Vormittag mit dem bösen Schießgewehr unter der Achselhöhle; diesmal wohl in Begleitung des Herrn Papa?" Ich machte einen kurzen Schritt nach vorne und trat ihm dabei aus reinem Versehen so kräftig auf die kleine Zehe, dass er sofort zu einem lautstarken Indianerkriegstanz ansetzte. Bevor er auf dumme Gedanken kommen konnte, hielt ich ihm meinen Dienstausweis unter die bereits rot angelaufenen Augen.

„Was, jetzt auch noch das BKA? Solch hoher Besuch in unserer bescheidenen Hütte? Vielleicht dürfen wir demnächst auch noch mit dem Generalbundesanwalt planen?" Doch dann streckte er mir entschuldigend die Hand entgegen und bat uns herein.

Da es Wochenendausklang war, fanden wir noch ein gemütliches Plätzchen an der langen Bar und bestellten uns einen erfrischenden Cocktail. Sibel entschied sich für einen coolen „Sex on the beach". Als ich sie gerade wegen ihrer originellen Auswahl necken wollte, kündigte der DJ einen Blues für alle jung gebliebenen Oldies an.

„Auf geht's, keine Ausflüchte, Herr Kriminaloberrat!", sagte Sibel und zog mich an den Händen auf die inzwischen total schummrige Tanzfläche. Sie legte mir - natürlich vollkommen unabsichtlich - die Arme um den Hals, drückte sich eng an mich und rieb ihr Becken provozierend an meinem Unterleib.

Wir tanzten quasi auf der Stelle. Nicht nur deshalb erinnerte ich mich daran, warum man diesen Tanzstil in meiner Jugendzeit *Stehblues* nannte. Ganz schnell bemerkte ich nämlich auch, wie heftig mein bester Freund reagierte und meine Hose immer enger wurde.

Der Schalk blitzte aus den halb geschlossenen schwarzen Augen der rassigen Kriminalbeamtin, die ihre südländische Abstammung selbst bei diesem Dämmerlicht nicht verleugnen konnte. Natürlich hatte auch sie meinen Zustand bemerkt und rückte mir nur noch näher auf die Pelle.

„Na, wie geht's – oder besser gesagt – wie steht`s, Stefan? Solltest du etwa plötzlich von einer typischen Männerkrankheit befallen sein?" Ganz automatisch war sie zum vertrauten Du übergegangen.

„Du kleines raffiniertes Luder", konterte ich ebenso. „Kannst du mir vielleicht verraten, wie ich in diesem Outfit an meinen Platz zurückgelangen soll? Die Teenies hier halten mich womöglich noch für einen notgeilen alten Sack, der ein junges Ding abschleppen will."

„Gut, ich sehe es ja ein. Ich geh voraus und

du hältst dich dicht hinter mir. So bemerkt niemand, wie sehr du leidest", meinte sie mit einem strahlenden Lächeln. Gesagt, getan. Wir bewegten uns dicht an dicht zu unserem Barhocker, wobei sie ihre Hüften nur noch aufreizender kreisen ließ.

„Oh, du Armer", flüsterte sie mir ins Ohr. „Aber eigentlich empfinde ich es als Kompliment, wie du versuchst, mir gegenüber standhaft zu bleiben."

„Du bist ja ganz schön frech zu deinem Vorgesetzten. Eigentlich müsste man dich übers Knie legen und hart bestrafen."

„Oh ja, eine harte Strafe wäre sicher angemessen. Andererseits glaube ich aber auch, dass dir eine spezielle Therapie gegen deine unübersehbar körperlichen Probleme gut bekommen würde".

Was sollte man darauf sagen. Wir schüttelten uns beide vor Lachen und es schien uns, als würden wir uns schon lange kennen.

Sie nahm mich einfach in den Arm und küsste mich zärtlich. „Jetzt müssen wir nur noch versuchen, IHN in diesem bewundernswerten Zustand nach Hause zu bringen", flachste Sibel.

Diese junge Frau war einfach umwerfend. Direkt und witzig zugleich. Und solch ein Geschöpf lief mir ohne jegliche Vorankündigung über den Weg. Die reinste Frischzellenkur.

Allerdings durfte ich unseren Altersunterschied nicht so einfach vom Tisch wischen und sie wusste das doch auch, verdammt noch mal! Dennoch: Sollte ich mich gegen diese spontane gegenseitige Zuneigung wehren? Hatte ich in meinem aufreibenden Job nicht oft eine solche Situation herbeigesehnt? Nein, Stefan Baumann würde diesen glutäugigen Stier bei den Hörnern packen und nicht mehr kneifen.

Ich bezahlte und der Barkeeper wunderte sich über unseren Kurzauftritt. Andererseits war ihm unser Flirt nicht unverborgen geblieben und er blinzelte mir verschworen zu.

„Komm, lass uns zu mir fahren. Ich habe eine kleine, meiner Besoldung angemessene, Wohnung in Neckarsulm", sagte Sibel und zog mich ungeduldig in Richtung Parkplatz.

Im Auto schmusten wir weiter und ihre Hand bewegte sich forschend auf meinem Oberschenkel. „Du musst wirklich dringend in Behandlung", diagnostizierte die Kollegin mit todernstem Gesicht. „Ich glaube gar, du hast mich angesteckt. Mir wird auf einmal auch so heiß. Vielleicht solltest du nachher sogar bei mir Fieber messen." Wieder prusteten wir gemeinsam los.

Die paar Kilometer nach Neckarsulm vergingen wie im Fluge. An jeder Ampel legten wir einen Kuss-Stopp ein und mehr als einmal trieb uns die Hupe eines Hintermannes auseinander.

An ihrer Wohnadresse in der Berliner Straße angekommen, konnten wir es kaum erwarten, die paar Meter zu ihrem Domizil hinter uns zu bringen. Ein gemütlich eingerichtetes Wohnzimmer mit mehreren dicken Teppichbrücken, ein kleines Schlafzimmer, Küche und Bad bildeten ihr Zuhause. Die gut gefüllte Bücherwand deutete an, dass sie ihre Bildung nicht aus Boulevardblättchen und Frauenzeitschriften bezog.

Sie holte ein Flasche Sekt aus dem Kühlschrank und meinte: „Mach es dir gemütlich, Stefan. Ich geh solange ins Bad".

Ich entdeckte einen CD-Spieler und legte Saxophon-Schmusetitel von Billy Vaughn auf. Anscheinend hatten wir auch hier den gleichen Geschmack. Nachdem ich die Flasche entkorkt hatte, füllte ich zwei Gläser und wartete auf Sibel, die im selben Moment auch schon in einem absoluten Nichts von Negligé erschien. Wenn sie jetzt noch einen Apfel in der Hand gehalten hätte, wäre mir doch prompt die Geschichte von Adam und Eva in den Sinn gekommen. Echt zum Anbeißen.

„Dann verschwinde ich auch noch schnell, mein kleines Mädel!", sagte ich und flüchtete ins Bad, um mich frisch zu machen. Verdammt, an Kondome hatte ich natürlich nicht gedacht. Wer rechnet auch damit, dass man sich für die Ermittlungen in einem Tötungsdelikt mit solchen *Dingen für spezielle Fälle* eindecken muss?

Sibel stand da, das Glas in der Hand. Ich nahm sie in die Arme und streifte ihr das leichte Etwas vom Körper. Was ich sah, brachte mein Blut noch mehr in Wallung. Kleine feste Brüste, deren Warzen sich schon erwartungsvoll aufgerichtet hatten. Ein ebenmäßiger, schlanker und durchtrainierter Body. Gut gewachsene Beine und dazwischen das Ziel all meiner Wünsche.

„Konfektionsgröße 34/36", antwortete Sibel auf meine unausgesprochene Frage. Regelmäßig Karate-Training und zweimal die Woche Fitness-Studio."

„Donnerwetter!" entfuhr es mir. „Da kann ich natürlich mit meinem spätgotischen Waschbrettkörper nicht mithalten".

„Machen Sie sich bitte ganz frei, damit ich Sie ausgiebig untersuchen kann". Sie zog mir vollkommen unbefangen den Slip herunter und stellte mit einem schelmischen Lächeln fest: „Für Ihr Alter sind Sie anscheinend noch ganz gut in Form".

„Jawohl, Frau Doktor", machte ich das Spiel mit und zog sie zum Sofa. „Ich werde Ihnen das auch gleich beweisen". Wir kuschelten uns aneinander, so eng, als müssten wir ineinander kriechen.

„Mach die Augen zu, Stefan", wisperte sie

wie ein unschuldiges kleines Mädchen „und lass dich verwöhnen".

Und wie sie mich *verwöhnte*. Ihre Hände strichen zart wie eine Vogelfeder über meine Brustwarzen. Dann kratzte sie mit ihren Fingernägeln daran und als Krönung berührte sie sie mit ihren feuchten Lippen. Ich stöhnte vor Lust und konnte mich kaum noch beherrschen. Was für ein Weib! „Wo hast du das nur gelernt, Sibel? Noch nie hat mich eine Frau so gekonnt erregt". „Naturtalent, Stefan", lächelte sie, währenddessen ihre Hände tiefer und tiefer wanderten. Mein strammer Max wechselte immer mehr die Farbe. Aber sie hatte absolut kein Mitleid mit mir. Und quasi als Zugabe tat sie das, was alle Männer schwach macht und seien sie auch noch so stark.

„Nur weiter so und für dich bleibt nichts mehr übrig", drohte ich scherzhaft, packte sie und drehte sie auf den Bauch. „Nun bist erstmal du dran, Mädchen!"

Ich streichelte ihre Oberschenkel, ihren Po und fuhr mit dem Finger die Wirbelsäule entlang. Ihr Stöhnen zeigte mir, dass sie genauso empfänglich für Zärtlichkeit war wie ich. Ich drehte sie wieder auf den Rücken und begann sie zu küssen. Vom Hals bis zu den Brüsten. Mit den Fingerkuppen strich ich bis zur Taille hinab und über ihre Brustwarzen. Ich nahm sie zwischen die Finger, drückte sie und saugte daran wie ein neugeborenes Baby. Sie schrie vor Lust und strampelte mit den Beinen. „Oh, Stefan, du machst mich wahnsinnig"! „Ja, das ist die Rache für deine so genannte Untersuchung". Schon war ich an ihrem dichten schwarzen Dreieck gelandet und strich zärtlich über ihren empfindlichen Punkt. „Na, wie gefällt Ihnen diese Bindegewebsmassage, meine Dame?", fragte ich scheinheilig und fühlte, dass sie längst bereit für mich war.

Da sprang sie auf, wühlte in einer Schreibtischschublade und hielt mir triumphierend ein Päckchen mit Präservativen entgegen. „Ein Notpaket für alle Fälle. Es ist schön, dass es noch vor dem Verfalldatum zum Einsatz kommt". Sie streifte mir zärtlich das Verhüterli über und setzte sich auf mich. Ganz sachte drang ich in sie ein. Wie Kara Ben Nemsi auf seinem edlen Hengst Rih begann sie in moderatem Trab und steigerte sich zu einem furiosen Galopp, bis Pferd und Reiter erschöpft zusammenbrachen. Mein lieber Vater, ich hörte sämtliche Glocken läuten und die Englein im Himmel sangen beileibe keinen frommen Choral.

„Frau Kriminalmeisterin Ökücü nehmen Sie Haltung an! Ich befördere Sie hiermit wegen herausragender Leistungen außer Dienst zur Kommissarin. Verraten Sie mir jetzt, wo Sie diese vorzügliche Ausbildung genossen haben"?

„Du Spinner, nirgends. Ich bin solo – genauso wie du. Wer will schon eine Frau, die dauernd für Vater Staat einsatzbereit sein muss. Die im Wechsel Tagdienst oder Nachtbereitschaft hat und danach abgeschlafft nach Hause kommt? Du musst es doch wissen. Warum hast du denn kein holdes Weibchen an deiner Seite"?

„Du hast ja Recht, Sibel. Eine Frau akzeptiert das normalerweise genau so wenig. Aber wir kommen nun mal aus demselben Stall und deshalb hast du Verständnis dafür. Wenn es nicht makaber wäre, könnte man fast der jungen Toten dankbar sein, dass sie uns auf diese Weise zusammengebracht hat."

Die Nacht verging wie im Fluge. Wir redeten, sprachen über die Vergangenheit, küssten und liebten uns. Und dann klingelte auch schon der Wecker und brachte uns zurück in die raue Wirklichkeit. Nach einem schnellen Frühstück fuhren wir nach Bad Friedrichshall Richtung Weinstube. Sibel ließ mich ein paar hundert Meter vorher aussteigen. Schließlich musste ja nicht die ganze Soko gleich auf dumme Gedanken kommen.

8

Sonntag, 24. Juli 2011. Die schreckliche Vermutung, über die gestern nur hinter vorgehaltener Hand in dem ländlichen Ort Bachenau, einem Stadtteil von Gundelsheim am Neckar, getuschelt wurde, war an diesem Schönwettermorgen zur traurigen Gewissheit geworden. Die einzige Tochter der Eheleute S. aus der Oberen Dorfstraße war tot. Und dass es kein natürlicher Tod war, davon war aufgrund einer versehentlichen Bemerkung des Dienst habenden Beamten vom überörtlichen Polizeirevier auszugehen. Denn diese lebenslustige junge Frau, die zu allen Einwohnern immer ein nettes Wort hatte und im Vereinsleben tief verwurzelt war, hatte ganz bestimmt keinen Grund, sich das Leben zu nehmen. Darin waren sich alle einig. Auf jeden Fall hatte dieses Ereignis Jung und Alt aufgewühlt; nichts mehr war an diesem Morgen so wie es vorher immer war.

Im bescheidenen Einfamilienhaus der Familie S. gingen an diesem Vormittag die Leute aus dem Dorf ein und aus: Nachbarn, Freunde, Bekannte und Verwandte. Auch der Ortsvorsteher bekundete sein Mitgefühl. Aber wie sollte man dieser Familie in ihrem großen Leid Trost zusprechen? Wer kann sich auch eine solche Situation ausmalen, solange sie einen nicht selber trifft.

Bereits eine halbe Stunde vor dem offiziellen Beginn des Sonntagsgottesdienstes strömten die Gläubigen in die Kirche. Noch nicht einmal an Ostern oder Weihnachten konnte das Gotteshaus einen solchen Ansturm verzeichnen. Pastor Waldner kannte Martina von klein auf, hatte sie getauft und ihr die Heilige Kommunion erteilt. In seiner Predigt musste selbst dieser durch viele schwere Aufgaben geprüfte Seelsorger mit den Tränen kämpfen.

Ein ganzes Dorf trauerte. Gleichzeitig machten sich Wut und Verbitterung breit. „Das war bestimmt wieder solch ein perverser Sexualtäter", waren sich die Dorfbewohner schnell in ihrer Einschätzung einig. „Ein normaler Mensch macht so etwas nicht. Die Martina hat niemandem etwas zu Leid getan. Aus unserem Ort war dies jedenfalls keiner!"

Auch nach dem Kirchgang blieben die Leute zusammen. Während die einen auf dem Kirchplatz weiterdiskutieren, begab sich die größere Gruppe in die Dorfschänke „Zum Kreuz". Nach ein paar Gläsern Bier und Wein als Zungenlöser schossen bald die wildesten Spekulationen ins Kraut.

Die Gespräche brachen abrupt ab, als Elke, die Freundin der Toten, erschien. Aber sie konnte ja auch nichts anderes berichten, als sie bereits bei ihrer Vernehmung am Samstagnachmittag durch die Soko erzählt hatte. Auch Elke hatte sich die ganze Nacht den Kopf zermartert, ob sie vielleicht irgendetwas bemerkt, aber als unwichtig abgetan hatte.

Sie machte sich selbst die größten Vorwürfe, dass sie sich in der Disco von Martina getrennt und nicht – wie abgesprochen – in ihrem PKW nach Hause mitgenommen hatte. Aber ihre Freundin war ja plötzlich wie vom Erdboden verschwunden gewesen. Wo hätte sie nach ihr suchen sollen? Vermutlich war sie vertrauensselig zu ihrem späteren Mörder ins Auto gestiegen, weil sie die Aussicht auf ein sexuelles Abenteuer lockte oder er ihr versprochen hatte, sie anschließend nach Hause zu bringen.

An ihrer Arbeitsstelle in einem Heilbronner Schuhgeschäft waren bis auf einen Auszubildenden ausschließlich weibliche Angestellte tätig, sodass auch die Aussichten, hier einen netten jungen Mann kennen zu lernen, gleich null waren.

Bei einem kleinen Imbiss in der Mittagspause wurde das hübsche Mädchen zwar des Öfteren angesprochen, aber auf plumpe Anmache stand sie nun mal nicht. Und nach der Arbeit musste sie sich beeilen, einen der wenigen Busse zu erreichen, der sie zum Wohnort zurückbeförderte.

In den Vereinen, ja das gab es schon „Bewerber". Aber sie kannten sich ja fast alle seit der Kindergartenzeit und so war das Verhältnis zu den Dorfjungs eigentlich eher von Kameradschaft geprägt. Da Freundin Elke auch keinen festen Freund hatte, kam ihr das auch alles gar nicht so schlimm vor. Sie wollte ihr Glück nicht erzwingen, sondern es einfach dem Zufall überlassen, irgendwann den Richtigen zu finden. Auch in den gemeinsamen Urlauben mit Elke auf Ibiza oder in der Türkei tobten sie sich zwar mit Gleichaltrigen aus, machten bei Partys die Nacht zum Tag und hatten auch mal einen One-Night-Stand, aber es blieb stets alles unverbindlich und ohne Nachwehen.

Kurzum: Man konnte sich nicht vorstellen, was einen Mann umtreiben kann, ein solches Mädel umzubringen.

Als ich am nächsten Morgen Punkt 10 Uhr in unserem „Befehlsstand" eintraf, waren Sibel und Sepp Holdermüller schon da. „Na, Stefan, habt ihr den Abend gut verbracht und die Zusammenarbeit vertieft? Ihr seht – ehrlich gesagt – beide ein bisschen mitgenommen aus."

Sibel errötete bis unter die Haarwurzeln. Sepp grinste verständnisvoll und wandte sich dann den anderen Soko-Kollegen zu, die auch inzwischen eintrafen.

„So, dann wollen wir mal ein Resümee ziehen, was wir bis jetzt an Fakten haben. Herzlich wenig, darf ich wohl feststellen. Ihr, Sibel und Schimanski, wart ja gestern Nachmittag nochmals in der Disco. Konnte sich irgendjemand vom Personal an Martina S. erinnern? Oder – was noch wichtiger wäre – an einen etwaigen Begleiter?"

„Fehlanzeige, Chef! Das wäre auch ein reiner Zufall gewesen, wenn das vermeintliche Paar durch irgendwelche Aktionen aufgefallen wäre, sei es durch übertriebenen Alkoholgenuss, exklusiven Tanzstil, Streit oder sonst was. Und rumknutschen tun sowieso die meisten. Die Frau samt ihrem ominösen Partner tanzte im wahrsten Sinn des Wortes nicht aus der Reihe. Die Türsteher konnten sich auch nicht erinnern, wann die Martina ging und ob sie in Begleitung war. Also nichts!"

„Bei der Befragung der Nachbarn auf den Aussiedlerhöfen ergab sich auch nichts Verwertbares", ergänzte KK Blaumann, der zusammen mit KHM Jakobs diese Aufgabe übernommen hatte. War auch kaum zu erwarten, denn die Leute stecken mitten in der Saisonarbeit und fallen abends geschafft in den Sessel und ins Bett."

„Da können wir wenigstens einen kleinen Teilerfolg melden", sagte Hauptkommissar Weigelt vom LKA. „Die Pächterin der Agip-Tankstelle hatte auf unsere Bitte hin die Mitarbeiterin herbeizitiert, die in der fraglichen Nacht Dienst tat. Und die konnte sich anhand des Fotos durchaus an die junge attraktive Frau erinnern. Sie hatte zwei Cola-Dosen gekauft und sich eigentlich ganz normal verhalten. Ja, sie kam ihr sogar reichlich aufgekratzt vor. Da um diese Uhrzeit fast kein Betrieb mehr war, konnte sie sich auf einen Zeitrahmen zwischen 02.00 und 03.00 Uhr festlegen. Wir wissen also zumindest sicher, dass Martina S. zum fraglichen Zeitpunkt noch lebte und sich auch bereits in der Nähe des späteren Auffindeorts befand."

„Danke, meine Herren", sagte ich. „Das bringt uns doch zumindest ein bisschen weiter. Jetzt müsste eigentlich auch gleich die Freundin des Opfers hier auftauchen. Vielleicht ist ihr inzwischen doch noch etwas eingefallen, nachdem sie ein wenig Zeit zum Nachdenken hatte."

Da erschien Elke Maurer auch schon. Ich stellte sie kurz den Kollegen vor und bat sie, in unserer Runde Platz zu nehmen. Sie machte natürlich einen geknickten Eindruck und sah verheult aus.

„Frau Maurer, in Sie setzen wir natürlich unsere größte Hoffnung. Ist Ihnen wirklich kein männliches Wesen aufgefallen, das sich während des Abends intensiver um Ihre Freundin bemüht hat? Haben Sie sich vielleicht zufällig auf der Toilette mit Martina getroffen oder an der Bar?"

„Nein, ich kann mich zwar erinnern, dass sie zuerst mit verschiedenen Jungs getanzt hat, wie das in der Disco aber absolut Usus ist. Aber ab zirka 01.00 Uhr habe ich sie überhaupt nicht mehr gesehen. Und auch als ich gehen und sie mitnehmen wollte, war sie wie vom Erdboden verschwunden. Ich konnte ja auch niemand nach ihr fragen, weil sie außer mir vermutlich niemand kannte. Was hätte ich bloß tun sollen? Ich mache mir solche Vorwürfe." Sie begann leise zu weinen.

„Sie trifft keinerlei Schuld, Frau Maurer", sagte ich. „Sie konnten ja davon ausgehen, dass sich Martina mit Ihnen wegen der Rückfahrt in Verbindung setzt. Wir sind uns sicher, dass Ihre

Freundin einem Mann begegnete – wohl ihrem späteren Mörder -, dem es gelang, sie zum Mitfahren zu überreden. In Bad Friedrichshall wurde sie noch lebend gesehen. Danach verliert sich bisher jede Spur. Wir danken Ihnen, dass Sie gekommen sind. Sollte Ihnen doch noch irgendetwas einfallen – und erscheint es Ihnen noch so unwesentlich -, rufen Sie mich bitte sofort an. Hier haben Sie meine Handynummer."

„Ich getraue mich in Bachenau kaum noch auf die Straße. Ich bin überzeugt, die Leute geben mir die Schuld, weil ich nicht auf Martina gewartet habe. Auch wenn ihre Eltern nichts Derartiges sagen, sind sie doch deutlich auf Distanz zu mir gegangen. Dabei war Martina ja fast wie eine Schwester für mich. Ich weiß einfach nicht, wie es weitergehen soll, solange der Täter nicht gefasst ist."

„Wir tun alles, was in unserer Macht steht, glauben Sie mir das, Frau Maurer. Denn wenn wir den Täter nicht schnell fassen, versucht er es vielleicht ein weiteres Mal. Sind Sie mit Ihrem Wagen gekommen? Sonst kann Sie auch ein Kollege nach Hause bringen."

„Mein Vater hat mich hergebracht. Ich fühle mich im Moment außerstande, selbst zu fahren."

Elke Maurer konnte uns also auch nicht weiterhelfen. Die Soko-Kollegen sollten im Duett wenigstens die Weinstuben-Gäste vom

Freitagabend aufsuchen, deren Namen und Adresse bekannt waren. Ich versprach mir davon zwar auch nicht viel, aber bei unserem bisherigen Ermittlungsstand musste man schließlich nach allen Notnägeln greifen.

10

„Jetzt mache ich diesen Job seit 20 Jahren und ich hatte äußerst selten Probleme damit, der Polizei eindeutige Ergebnisse zu präsentieren. Aber diesmal: Säßen wir in einer fröhlichen Pokerrunde, würde ich behaupten, Sie haben mir nur Luschen untergejubelt. Herr Baumann, ich glaube fast, Sie wollen meine Befähigung als Facharzt testen."

Es gibt im Handbuch für Kriminalisten keine Tipps dafür, zu welcher Tageszeit man am besten einer Obduktion beiwohnt. Jedenfalls am besten nicht unmittelbar nach einer Mahlzeit. Da mir aber diese Materie wie bereits erwähnt nicht völlig fremd war, spielte das nun wirklich nur eine untergeordnete Rolle.

Der Heilbronner Gerichtsmediziner Dr. Hammer wirkte in der Tat ausgesprochen ratlos. „Ich habe an diesem Frauenkörper wirklich jeden Zentimeter dreimal untersucht. Von Kopf bis Fuß. Der erste Augenschein hat sich dabei in vollem Umfang bestätigt: Keinerlei äußere Verletzungen, keine Anzeichen, die auf ein Gewaltverbrechen oder einen Suizid schließen lassen. Ich habe zur Sicherheit und weil vier Augen einfach mehr sehen als zwei, noch den Kollegen Professor Schlösser von der Tübinger Rechtsmedizin hinzugezogen, aber auch er wird mir beipflichten, dass ihm so etwas in seiner

Berufspraxis noch nicht oft untergekommen ist."

Ein hagerer Mann mit schlohweißer Haarpracht begrüßte mich. „Ja, Herr Baumann, man lernt ja bekanntlich nie aus. Aber unsere bisherigen Untersuchungsergebnisse lassen darauf schließen, dass hier definitiv mit Gift gearbeitet wurde, auch wenn typische Anzeichen dafür fehlen (verzerrte Gesichtszüge, Schaum am Mund usw.). Ich habe daher - Ihr Einverständnis vorausgesetzt - zusätzlich für eine toxikologische Analyse einen versierten Chemiker eingeschaltet, der ebenfalls den Mageninhalt überprüfen wird. Ich denke, dass wir bis morgen ein Ergebnis vorzuliegen haben.

Wir haben es hier mit größter Wahrscheinlichkeit mit einem genialen Tätertyp zu tun und ich kann mich des Eindrucks nicht erwehren, dass es sich um einen Experten mit entsprechenden Kenntnissen handelt. Vermutlich wollte er vortäuschen, dass es sich um einen natürlichen Todesfall handelt oder aber es reizt ihn, uns alle in die Irre zu führen und auf die Probe zu stellen.

Wie Kollege Hammer bereits ausführte: Keine Hinweise auf *gängige* Tötungshandlungen. Das einzige, was wir nochmals bestätigen können, ist, dass die junge Frau kurz vor ihrem Tod noch Geschlechtsverkehr hatte. Freiwillig, allem Anschein nach. Aber daran stirbt ein

Mensch dieses Alters in der Regel nicht. Immerhin könnte das Fachlabor aufgrund der vorgefundenen Sperma-Spuren einen DNA-Test durchführen, wenn, ja wenn Sie einen Verdächtigen gefunden haben.

Jeder Tod hat eine Ursache. Und da Sie ja rasch ein Obduktionsergebnis wollen und auch benötigen, suchten wir weiter. Nicht ohne Erfolg. Denn inzwischen können wir hundertprozentig sagen, dass diese Frau letztlich an akutem Herzversagen verstarb. Und jetzt kommt das Ungewöhnliche: Nachdem sie zuvor etwa zehn bis zwanzig Minuten bewusstlos war.

Wie ich bereits erwähnte, wird der Chemiker Dr. Hunold unabhängig von uns noch eine toxikologische Analyse des Mageninhalts vornehmen. Wir wissen dann natürlich immer noch nicht, in welcher Form und auf welche Weise das noch zu ermittelnde Gift dorthin gelangte. Aus unserer Sicht kann es nur durch Nahrungsaufnahme geschehen sein. Todeszeitpunkt, wie bereits von Dr. Hammer beim ersten Augenschein prognostiziert, gegen drei Uhr in der Frühe. Herr Baumann, wir befürchten, dass auf Sie und Ihre Sonderkommission eine Sisyphusarbeit zukommt."

„Das ist leider nichts Neues für mich, meine Herren. Auf jeden Fall besten Dank für Ihre vorläufigen Untersuchungserkenntnisse. Wir wissen nun wenigstens, was wir bei unseren weiteren Ermittlungen ausschließen können. Hoffentlich fassen wir diesen Täter noch, bevor ich in Pension gehe", fügte ich sarkastisch hinzu. „Es ist ja auch zu befürchten, dass er es noch einmal versucht."

„Wir wünschen Ihnen jedenfalls viel Glück und Erfolg bei Ihrer Arbeit, Herr Baumann. Wenn Sie auf irgendetwas stoßen, bei dem Sie nicht weiterkommen, können Sie uns jederzeit kontaktieren. Und sobald wir exakt wissen, um welches Gift es sich handelt, schließen wir uns sofort kurz."

Nachdenklich verließ ich die Pathologie der *Klinik Am Gesundbrunnen*. Irgendwie passte diese Bezeichnung nicht zu einem solch heimtückischen Tötungsdelikt. Ohne die Sparte Rechtsmedizin würden wir allzu oft im Dunkeln tappen und viele Gewaltverbrechen als normale Todesfälle durchgehen – was auch in der Praxis leider immer noch zu einem vermutlich recht beachtlichen Prozentsatz geschieht, wie Deutschlands führende Kriminologen in Studien und Statistiken unterstellen. Weil vielleicht irgendein praktizierender Landarzt ohne jeglichen Argwohn von altersbedingtem Herzversagen ausgeht oder der alt gediente Hausarzt der Familie den Tod von einer langjährigen chronischen Erkrankung ableitet. Deswegen ist beispielsweise auch vor der Einäscherung einer Leiche grundsätzlich der

Amtsarzt beizuziehen. Berechtigt, denn die Exhumierung eines Aschehäufchens würde schwerlich befriedigende Ergebnisse liefern.

Als nächster Schritt war nun zusammen mit Sepp Holdermüller ein Text für die Redaktionen der Heilbronner Stimme und der Rhein-Neckar-Zeitung zu entwerfen, damit diese sofort in der morgigen Ausgabe einen Aufruf an die Bevölkerung drucken könnten.

11

Schon früh am Morgen war klar, dass es ein vorbildlicher Sonntag werden würde, wie ihn sich TV-Wetterfee Claudia Kleinert nur wünschen könnte. Kein Wölkchen am azurblauen Himmel und hochsommerliche Temperaturen.

Auch Uwe Kretzsche hielt es bei diesen sonnigen Aussichten nicht in seiner Wohnung. Er suchte seine Badesachen zusammen und lenkte seinen fahrbaren Untersatz Richtung Badesee. Dort wollte er sich beim Schwimmen und Faulenzen entspannen, nachdem er sich den ganzen Samstag nicht aus dem Haus getraut hatte. Er befürchtete, man würde ihm ansehen, was in der Nacht zuvor geschehen war. In den Regionalnachrichten war nur eine kurze Meldung über eine aufgefundene Frauenleiche erfolgt. Mehr wollte man mit dem Hinweis auf die laufenden Ermittlungen nicht preisgeben.

Uwe Kretzsche wuchs behütet von seiner allein erziehenden Mutter in Zwickau auf. Bereits während der Pubertät war festzustellen, dass er nicht so normal tickte wie seine gleichaltrigen Schulkameraden. Seine Mutter machte sich gar schon Sorgen, dass er womöglich schwul sei. Das war zwar nicht der Fall, aber während die anderen schon die ersten Balzversuche bei den Mädchen starteten und in jeder dunklen Ecke rumknutschten, wich er konsequent allem aus, was irgendwie nach Weiblichkeit roch. Er wirkte schüchtern und verschlossen; seine langsam erwachenden sexuellen Bedürfnisse regelte er per häufiger Selbstbefriedigung. In der Schule prahlten seine Freunde mit dem ersten Geschlechtsverkehr – ob das nun der Wahrheit entsprach oder nicht.

Der junge Uwe wagte nicht, ein Mädchen anzusprechen und konnte auch mit seiner Mutter über dieses Thema nicht reden. Aber wissen wollte er schon auch, was es mit diesem *Geheimnis Frau* auf sich hatte. In der Zeitung waren ihm Anzeigen von „Modellen" aufgefallen, die *ohne Tabu jeden Wunsch erfüllen* würden.

Nach langem Zaudern entschloss er sich eines Tages, bei einer solchen *bildhübschen Studentin – offen für alles –* anzurufen. Eine tiefe Stimme meldete sich mit „Hallo" und er erfuhr bereits am Telefon ihr Honorar und was ihm die Dame alles bieten würde. Für ihn ausnahmslos Fremdwörter.

Wieder vergingen einige Tage, bis er allen Mut zusammennahm, sein erspartes Taschengeld abzählte und sich zu der angegebenen Adresse in der Altstadt aufmachte. Seiner Mutter hatte er gesagt, dass er einen Freund besuchen wolle.

Er drückte in einem ziemlich verwahrlosten Hinterhof auf die Klingel neben einer Visitenkarte mit dem Namen *Vanessa,* worauf ihm eine recht dralle Blondine mit verlebten

Gesichtszügen öffnete. Sicher wäre die Dame ohne Aufnahmeprüfung für die Geisterbahn auf einem Rummelplatz engagiert worden. Einen Kaugummi im Mund hin und her schubsend, sagte sie mit ordinärer Stimme: „Na, komm schon rein, Süßer!"

Uwe sank aller Mut buchstäblich in die Hose. Aber nun war er schon mal da und er wollte endlich auch mitreden können, wenn die anderen überschwänglich von ihren Bumserlebnissen berichteten. „Kannst dich schon mal ausziehen, Jüngling", sprach die Starkgeschminkte und taxierte ihn dabei sachverständig unterhalb des Nabels. „Oh, was für ein süßes Konfirmandenröhrchen. Wohl das erste Mal, was? Na, wir kriegen das schon hin. Bekommst auch einen Jungfrauen-Bonus von mir, sagen wir mal, du darfst für 30 Mark. Dafür blase ich dir sogar den Zillertaler Hochzeitsmarsch und bin sehr nett zu dir. Leg dich einfach aufs Bett. Ich glaube, bei deiner Premiere können wir ausnahmsweise auf ein Gummimäntelchen verzichten."

Noch nie hatte er eine nackte Frau gesehen. Seine Mutter schloss zu Hause grundsätzlich das Badezimmer ab. Die käufliche Dame Vanessa, wobei dieser Name bestimmt nicht dem Eintrag im Personalausweis entsprach, schwenkte ihre schweren Brüste der Hausmarke 95 D vor seinem Gesicht herum und als er den Blick auf ihren rasierten Schamhügel richtete, schluckte er vor Verlegenheit.

Es musste einfach schief gehen. Aufgestaute Erwartungen, übererregt. Sein Glied wurde zwar steif, aber kaum hatte Vanessa ihn nur ein wenig befummelt, war es auch schon vorbei. „Oh, du armer Junge. Bist ja einer von der ganz schnellen Truppe. Musst noch viel üben. Kannst ja mal wiederkommen, du weißt ja, wo du mich findest. Das ist auf jeden Fall besser, als wenn du mit einer Freundin schläfst. Die würde dich bestimmt nur auslachen und überall rumerzählen, was du für ein Schlappschwänzchen bist."

Von dieser Stunde an hasste Uwe Kretzsche alles, was blond und weiblich war. Er ging noch mehr auf Abstand zu den Mädchen in der Schule und wurde deshalb auch zu keiner Fete eingeladen. Als sich die anderen zum Tanzkurs anmeldeten, ersann er Ausreden. Und wenn sie ihre Freundinnen ins Kino begleiteten, setzte er sich zu Hause vor den Fernseher. Fragte ihn seine Mutter, ob er denn noch kein Mädel habe, reagierte er wütend und aggressiv: „Diese Tussies sind doch alle blöde. Haben nur Sex im Kopf und brüsten sich damit, mit wie vielen Jungs sie schon geschlafen haben. Eine hat sich sogar neulich im Internet ausgezogen."

So wurde Uwe Kretzsche 18, machte seinen Führerschein und hatte ein Jahr später sein Abitur in der Tasche. Mit seinem guten

Abschlusszeugnis fand er auch schnell einen Ausbildungsplatz in der Einhorn-Apotheke am Marktplatz. Mit ihm zusammen begann ein Mädchen namens Ramona eine Tätigkeit als Apothekenhelferin.

Ramona war nicht nur hübsch, sie wurde auch vom ganzen Team wegen ihrer Kollegialität geschätzt. Anfangs beachtete sie Uwe nicht besonders, aber bei einer kleinen Betriebsfeier kamen sie sich näher. Er schüttete sein Herz bei ihr aus und gestand ihr, dass sie anders sei als alle die Mädchen aus der Schule und dass er in sie verknallt sei. Ramona mochte den ruhigen jungen Mann auch ganz gerne und so gingen sie hin und wieder miteinander aus. Mal zum Italiener, mal ins Kino. Irgendwann - es war eine romantische Vollmondnacht - hatten sie auch ein wenig Alkohol getrunken und als Uwe seine Ramona nach Hause begleitete, küsste sie ihn zärtlich unter der Haustüre und sagte, er könne gerne noch auf ein Stündchen mit hereinkommen. Die Gelegenheit sei günstig, denn ihre Eltern seien nicht da und sie könnten ja noch ein bisschen Musik anhören. Sie habe eine ganz nette Sammlung aus den 80-ern.

Uwe freute sich auch darauf, endlich mit dem hübschen Girl mit den langen blonden Haaren ein wenig kuscheln zu können. Inzwischen verehrte er sie regelrecht; sie war für ihn einfach etwas ganz Besonderes.

Am Anfang war es dann auch so, wie er es sich vorgestellt hatte. Musik, Dämmerlicht, einen Drink und Schmusen auf dem Sofa. Aber irgendwann öffnete Ramona sein Hemd und strich zärtlich über seine Wölbung in der Hose.

„Nicht so schüchtern, Uwe. Komm, zieh dich aus, ich möchte gerne mit dir schlafen. Wir müssen ja schließlich testen, ob wir auch körperlich zusammenpassen", lachte sie ihn spitzbübisch an. Damit streifte sie ihm auch schon erwartungsvoll den Slip herunter. Doch was sie da sah, entlockte ihr nur ein geringschätziges Grinsen: „Oh, ist das etwa alles, was du mir zu bieten hast? Also, ein bisschen mehr darf's schon sein, um mich auf Touren zu bringen!"

In diesem Moment sah Uwe plötzlich wieder Vanessa, die blonde Prostituierte, vor sich und erinnerte sich an ihre ähnlich spöttischen Bemerkungen. Alles kam wieder hoch. Mit verzerrtem Gesicht warf er Ramona rücklings auf den Boden. Keine Spur mehr von Zärtlichkeit. Brutal riss er ihre Beine auseinander und drang mit einem Stoß in sie ein. Die junge Frau schrie laut auf: „Spinnst du? Bist du total durchgeknallt?"

Da würgte er sie und nahm sie rücksichtslos, mit roher Gewalt, ohne ein Wort zu sagen. Sie biss ihn, kratzte ihn, schlug auf ihn ein. Vergebens. Er ließ erst von ihr ab, als er stöhnend von einem wilden Orgasmus geschüttelt wurde. Noch nie hatte er solche körperliche Befriedigung empfunden. Verächtlich starrte er auf die am Boden Liegende. „Und ich hatte mich in dich verliebt. Wollte meine Jugend mit dir teilen. Aber in Wirklichkeit bist du auch eine billige Schlampe wie die Weiber, die sich von jedem Dahergelaufenen vögeln lassen. Jetzt hast du erlebt, was passiert, wenn man meine Gefühle mit Füßen tritt und mich verspottet."

Natürlich zeigte ihn Ramona an und er wurde wegen Vergewaltigung zu zwei Jahren Jugendstrafe verurteilt. Doch die harte Zeit im Gefängnis machte ihn nur noch verbitterter und er schwor, sich bei jeder sich bietenden Gelegenheit an diesem Typ Frau zu rächen. Jung und blond war für ihn künftig dasselbe wie das rote Tuch für den Stier in der Arena.

12

Nun saßen wir wieder alle um den großen ovalen Holztisch im zum *Besprechungsraum* umfunktionierten Büro der Familie Friedauer. Während Otto Normalbürger das herrliche Sommerwetter im heimischen Garten beim Grillen, in einem Biergarten oder an einem der drei Flüsse in der Umgebung verbrachte, rauchten bei uns die Köpfe.

„Frau Ökücü (ich musste ja wenigstens den Schein wahren), meine Herren! Was haben wir bis jetzt? Ein vorläufiges Obduktionsergebnis mit einem Hinweis auf die Tötungs-„Waffe" und die Tatzeit. Bezüglich der wichtigsten Details aber, nämlich dem möglichen Täter oder der Täterin, einem Motiv, der Variante, welches Gift und wie dieses verabreicht wurde und dem Tötungsort suchen wir weiterhin die Nadel in einem ganzen Heuschober. Die Staatsanwaltschaft scharrt schon dauernd mit den Hufen, weil ihr die Presse im Genick sitzt. Die Bevölkerung ist beunruhigt, weil sie weitere Delikte befürchtet. Junge Frauen trauen sich kaum mehr ohne Begleitung aus dem Haus. Wir müssen jetzt einfach in die Offensive gehen und auf die Mitarbeit der Bürger setzen. Ich habe mit den Hauptkommissaren Stankowsky, Weigelt und Holdermüller einen Text entworfen, den wir sowohl an die Presse geben als auch als

Plakataufruf in jedem Geschäft verteilen. Im Übrigen können wir nur darauf hoffen, dass uns der Kollege Zufall wieder mal in die Karten spielt."

Da meldete sich Kommissar Müller 2 zu Wort: „Herr Baumann, die Sache mit der Tankstelle ließ mir keine Ruhe. Ich fuhr deshalb nochmals dort vorbei und befragte erneut die Mitarbeiterin, die zur vermutlichen Tatzeit dort Dienst schob. Sie kann sich inzwischen an einen dunklen Mittelklassewagen erinnern, der abseits der Zapfsäulen anhielt. Es war zu der Zeit das einzige Auto. Weil es nicht betankt wurde, achtete sie natürlich nicht genau darauf. Zudem hatte es die Lichter aus. Deshalb konnte sie auch die weitere Person, die im Auto sitzen geblieben war, nur schemenhaft erkennen. Der Frisur nach zu urteilen, geht sie allerdings davon aus, dass es sich um einen Mann handelte. Bezüglich Fabrikat und Kennzeichen des PKW wollte sie sich nicht festlegen. Das wäre wohl auch zu viel verlangt."

„Gut gemacht, Kollege Schimanski". Ich hatte unwillkürlich das *Pseudonym* des Kommissars benutzt. Er war es ja so gewöhnt. „Sucht doch bitte nochmals, solange es noch hell ist, auch die weitere Umgebung nach etwaigen Reifenspuren ab. Es wäre zwar nur eine vage Hoffnung, daraus auf eine bestimmte Automarke schließen zu können, aber wir dürfen einfach nichts unversucht lassen. Ich schaue mich auch zusammen mit dem Kollegen Holdermüller nochmals um. Mich lässt der Verdacht nicht los, dass dieser Täter sich zu sicher fühlte und dadurch vielleicht eine Winzigkeit übersehen hat. Komm Sepp, setze deine schärfste Brille auf. Wir nannten dich doch schon damals Winnetou, weil du uns allen beim Spurenlesen immer einen Schritt voraus warst. Anscheinend fließt doch ein bisschen indianisches Blut in deinen Adern".

Alle lachten und waren für die Auflockerung dankbar. Kollege Holdermüller musste nun bestimmt in seinem Dezernat ab sofort mit diesem Spitznamen leben. „Auf geht's, Old Shatterhand", revanchierte er sich und zog mit mir los.

Die Kollegen Wegner und Jakobs wollten sich in der Zwischenzeit bei der Heilbronner Stimme darum bemühen, den Aufruf noch in die Montagsausgabe zu bekommen. Außerdem mussten sie versuchen, eine Druckerei ausfindig zu machen, welche die Plakate druckte. Notfalls konnte man für den Anfang auch bei der Polizeidirektion DIN A 3-Kopien fertigen.

Wir schwärmten im Gelände aus. Vor allem der weitere Umkreis der Stelle, wo Polizeihund Arco die Spur erschnupperte, interessierte Sepp und mich. Wir drehten buchstäblich jeden Grashalm um. Natürlich hatten auch die Beamten der Bereitschaftspolizei alles abgesucht. Aber die meist jungen Polizeianwärter hatten einfach noch nicht die „Nase" von uns alten Hasen.

Den Blick fest auf die Wiese gerichtet, kreisten in mir die Gedanken. Ich versuchte, mich in den Täter hineinzuversetzen. Wie kam er ausgerechnet hierher? Hatte ihn das Opfer hierher geleitet? Kannte sie sich etwa hier aus? Warum hatte er sich nicht die Zeit genommen, die Leiche an einem verborgenen Platz abzulegen wie zum Beispiel in einem Waldstück, an dem man nicht so leicht darüber stolpern musste.

Plötzlich glänzte mir etwas im Licht der untergehenden Sonne entgegen. „Sepp, komm doch mal her!" Ich bückte mich nach einem feingliedrigen Kettchen. Goldfarbener Modeschmuck, wie ihn junge Frauen gerne um ihre Fußfesseln tragen.

„Also doch! Jeder Mörder macht Fehler, auch wenn er sich für besonders raffiniert und unfehlbar hält. Was meinst du dazu, Sepp?"

„Hm, das Schmuckstück ist gerissen. Wahrscheinlich ist die Trägerin irgendwo hängen geblieben. Müller 2 soll gleich morgen früh nach Bachenau fahren und Martinas Mutter fragen, ob ihr das Kettchen gehörte. Falls ja, könnte dies wirklich ein wichtiges Glied in unserer Beweiskette sein. Du merkst Steff, ich werde tatsächlich allmählich zum Lyriker. Aber jetzt wird´s allmählich dunkel und es bringt nichts mehr, mit der Taschenlampe in der Gegend rumzuleuchten."

Die anderen Kollegen hatten sich inzwischen auch alle wieder eingefunden, wir zeigten ihnen unseren Fund und ließen den Tag bei angenehmen Temperaturen auf der Terrasse der Weinstube ausklingen. Sepp und ich tauschten Erinnerungen aus gemeinsamen Zeiten aus und manche Anekdote wurde wieder hervorgekramt. Alle brauchten diese lockere Atmosphäre, um etwas abzuschalten.

13

Weil für eine Sonderkommission der Kripo keine Fünf-Tage-Woche gilt, verabredeten wir uns für den nächsten Morgen um 9 Uhr an gleicher Stelle. Familie Friedauer hatte sich bereits an uns gewöhnt und sich spontan bereit erklärt, uns *Vollverpflegung* anzubieten. Das war für uns natürlich eine angenehme Regelung, zumal es uns allen hervorragend mundete. Allerdings bestanden wir darauf, das Verzehrte auch zu bezahlen.

„Soll ich Sie zum Hotel bringen, Herr Baumann?" fragte Sibel mit dem unschuldigsten Augenaufschlag der Welt. „Es ist für mich ja kein großer Umweg." „Einverstanden, Frau Kriminalmeisterin. Ich werde Ihnen aber das Benzingeld erstatten, falls wir hier noch ein paar Wochen ermitteln müssen."

Sepp blinzelte mir verschworen zu und wünschte uns eine angenehme Nacht. Kaum im Auto, kroch Sibels Hand zu meinem Oberschenkel. „Ich möchte nur prüfen, ob du sehr müde bist", sagte sie mit ihrem entwaffnenden Lächeln. „Aber anscheinend bist du für einen nächtlichen Einsatz ganz gut gerüstet."

„Ich freue mich, wenn du bei mir bleibst und die tristen Gedanken vertreibst. Allerdings sollten wir nicht den kompletten Kamasutra durchüben, sonst sind wir morgen früh nicht zu gebrauchen."

„Keine Sorge, Stefan, auch ich brauche ein bisschen Schlaf und zudem ist ja nicht die Quantität, sondern die Qualität entscheidend." So hielten wir es auch. Wir legten uns ins Bett, kuschelten uns aneinander und redeten über Vergangenes. Dann liebten wir uns und sie schlief selig in meinen Armen ein.

Am Morgen erwachten wir frisch und voller Tatendrang. Sibel nahm mich wieder mit und begrüßte die Kollegen mit der Erklärung: „Ich habe den Chef unterwegs aufgelesen. So musste der Arme wenigstens nicht den ganzen Weg laufen." Solch ein raffiniertes Biest! Außer Sepp Holdermüller ahnte wohl keiner etwas von unseren nächtlichen Überstunden. Und so sollte es auch bleiben. Denn es befruchtete die Zusammenarbeit im Team durchaus, wenn Sibel ihren Charme unter alle Kollegen gleichmäßig verteilte.

Müller 2 hatte unterwegs eine Heilbronner Stimme gekauft und so konnten wir beim gemeinsamen Frühstück den Bericht über „unser" Tötungsdelikt lesen. Die Redakteure hatten sich strikt an unsere Vorgaben gehalten und Kollege Blaumann, der in Heilbronn wohnte, hatte auch gleich einige kopierte Plakate mit dem Foto der Toten und einem Fahndungsaufruf mitgebracht. Die Staatsanwaltschaft hatte inzwischen eine Belohnung in Höhe von 2.000 Euro für Hinweise zur Ergreifung des Täters ausgesetzt.

Unsere Hoffnungen auf solche Hinweise aus der Bevölkerung hielten sich ehrlich gesagt in Grenzen. Aus dem Umgang mit vielen ähnlichen Vorfällen wussten wir, dass unter hundert *wichtigen Beobachtungen* in der Regel maximal mit zwei oder drei verwertbaren Aussagen zu rechnen ist. Manche Bürger wollen sich nur wichtig machen, wieder andere reizt alleine die Belohnung. Aber oft genug schon führte uns gerade einer dieser aufmerksamen Bürger auf eine heiße Spur. Es sind Leute, die stets mit offenen Augen und Ohren ihre Umgebung registrieren. Ohne Interesse an Tratsch und Klatsch wohlgemerkt, aber mit feinem Gespür für Ungewöhnliches. Details, die von der Norm abweichen.

Wir einigten uns darauf, dass die Hauptkommissare vom Landeskriminalamt, Sibel (zur eventuellen Befragung von weiblichen Zeugen), Sepp und ich im Besprechungsraum die Stellung halten sollten, während die weiteren Kollegen die Plakate in der Stadt und den umliegenden Orten verteilen konnten. Dabei ließen sich auch Geschäftsinhaber, Bankangestellte usw. sensibilisieren für Aussagen ihrer Kunden. Oft ergab sich gerade bei solchen Kontakten ein Hinweis. Manche Bürger haben gegenüber der Kripo auch eine gewisse

Hemmschwelle, die sie beim Brötchenkauf oder beim Friseur plötzlich locker überspringen.

14

Für Uwe Kretzsche begann dieser Arbeitstag fahrig und unkonzentriert. Schon auf der Fahrt zur Apotheke schaffte er es, einem anderen Verkehrsteilnehmer die Vorfahrt zu nehmen, eine rote Ampel zu ignorieren und einem Fußgänger, der noch schnell vor ihm über die Fahrbahn wollte, den berühmten Stinkefinger zu zeigen.

Entsprechend schlecht gelaunt und mit fünf Minuten Verspätung traf er an seinem Arbeitsplatz ein. „Na, Uwe, kurze Nacht gehabt?", empfing ihn sein Chef. „Oder hatte dein fahrbarer Untersatz keine Lust auf die montägliche Rush-Hour?"

Uwe brummte ein unverständliches „Entschuldigung, wird nicht wieder vorkommen!" vor sich hin und beeilte sich, seine Lederjacke gegen den weißen Arbeitsmantel zu tauschen. Doch als auch Kollegin Carmen, deren etwas überdimensionierte Figur und brünette Haarpracht so gar nicht zu ihrem rassigen Vornamen passen wollte, ihn verschworen angrinste, platzte ihm der Kragen und er fuhr sie an: „Verdammt noch mal, bist du noch nie spät ins Bett gekommen?"

Carmen erschrak ob diesem ungewohnten Ausbruch. So hatte sie den von ihr heimlich aber bisher vergeblich verehrten Uwe ja noch nie erlebt. „Sorry, Uwe. Aber du siehst wirklich nicht gerade taufrisch aus. Ringe unter den Augen und Falten um den Mund wie ein Plisseerock. Brauchst du `ne Aspirin? Du kannst es mir doch sagen, wenn du nicht gut drauf bist."

„Ach, hör doch auf, mich zu bemuttern und lass mir meine Ruhe. Man wird sich am Wochenende ja wohl noch ein bisschen amüsieren dürfen." Damit wandte er sich dem ersten Kunden zu. Doch als er auch diesem zuerst das falsche Medikament aushändigte und ihn der Chef deswegen dezent zurechtwies, gestand er, dass er sich wirklich nicht wohl fühle.

„Nimm dir doch mal `ne Auszeit, Uwe. Geh heut Abend mit Carmen ins Kino oder gönn dir eine Woche Urlaub im Süden. Wäre im Moment auch kurzfristig machbar, da bei uns während der Schulferien ja eh Sawith Saith Sauregurkenzeit ist. Überleg es dir."

„OK, Chef. Ich kann mich ja mal im Reisebüro nach Last-Minute-Schnäppchen umhören. Und danke auch für das Angebot."

Und zu Carmen gewandt: "Vielleicht könnten wir wirklich mal zusammen ins Kino gehen. Wenn du Lust hast, würde ich dich um 21 Uhr abholen. Wo wohnst du denn?"

Carmen strahlte vor Vorfreude. „Du brauchst mich nicht abzuholen. Wir können uns ja vor dem *CinemaxX* treffen."

Vielleicht würde ihn das zu allem bereite Mädchen, auch wenn es nicht gerade seine Kragenweite war, ja wirklich etwas ablenken und auf andere Gedanken bringen. Und so lief es dann auch ab. Carmen hatte sich im Rahmen ihrer bescheidenen Möglichkeiten sexy aufgemotzt. Der Minirock bedeckte nicht viel von ihren stämmigen Oberschenkeln und unter der knappen Bluse trug sie erkennbar keinen BH. Im Kino schmiegte sie sich an ihn und ließ ihre Hand bald auf seinem Unterleib spazieren gehen. Donnerwetter, so viel Mut hätte Uwe dieser von der Natur nicht gerade reichlich Beschenkten gar nicht zugetraut. Aber wahrscheinlich setzte sie alles auf eine Karte.

Im Halbdunkel des Vorführraumes küsste sie ihn. Total unerfahren – aber immerhin. Warum sollte er dieses Angebot für den Rest des Abends zurückweisen und so bedurfte es keiner großen Überredungskünste, sie noch für „ein Stündchen" auf seine Bude einzuladen.

Kaum in seiner Wohnung angekommen, presste sie sich heiß an ihn und begann, sein Hemd aufzuknöpfen. Vermutlich hatte sie dies in einem Pornofilm gesehen – und was dann folgte, auch. Immerhin bemühte sie sich, lieb und zärtlich zu ihm zu sein. Und lieber ein unverdorbenes Mädchen vom Lande als eine geschäftstüchtige Prostituierte, dachte sich Uwe. Zudem kostenlos. Erstaunlicherweise stellte sie sich auch gar nicht so dumm an, wie er befürchtet hatte und sie schaffte es tatsächlich, ihm zu einem befriedigenden Orgasmus zu verhelfen. Mit verliebtem Blick dankte sie ihm für seine Liebkosungen. Vermutlich schwebte sie jetzt im siebenten Himmel. Er brachte sie mit seinem asthmatisch keuchenden Opel nach Hause und erst nach langen Abschiedsküssen ließ sie von ihm ab.

Zum Glück war sie ja nicht blond – und bis zur nächsten Vollmondnacht war auch noch etwas hin.

Uwe fühlte sich nach diesem körperlichen Abreagieren wieder wesentlich wohler und fiel zu Hause in einen erschöpften Schlaf. Am nächsten Morgen erwachte er erfrischt und beschloss, dem Rat seines Chefs zu folgen und sich nach Dienstschluss ins Reisebüro zu begeben.

Vielleicht ließ sich etwas Bezahlbares finden und Carmen würde wohl alles dafür tun, ihm die Zeit bis dahin möglichst angenehm zu gestalten. Tatsächlich war er bei der Arbeit wieder wie ausgewechselt und Carmen nutzte jede sich bietende Gelegenheit, sich in seiner Nähe herumzudrücken und ihn mit ihrem nun einmal in Lust erglühten Körper aufzureizen. Apotheker Dr. Müller registrierte es mit einem wohlwollenden Lächeln. Im wahrsten Sinne des Wortes: Die *Chemie* stimmte wieder in seinem Pulver- und Pillenladen. Auch der

Chefin und den anderen Angestellten war die Hochstimmung bei Kollegin Carmen nicht verborgen geblieben.

15

Dienstag, 26. Juli. Wie inzwischen üblich, trafen wir uns alle um 9 Uhr zum gemeinsamen Frühstück in unserem Friedrichshaller *Kompanie-Gefechtsstand*. Ich hatte zur Abwechslung wieder bei Sibel übernachtet; es war inzwischen zu einer selbstverständlichen Gewohnheit geworden. In den frühen Morgenstunden hatte sie mich zu meinem Hotelzimmer gefahren. Wir wollten schließlich keine schlafenden Hunde wecken. In diesen wenigen Tagen unserer Begegnung hatte sich zwischen uns eine erstaunliche Vertrautheit entwickelt. Und wir mussten verdammt aufpassen, dass wir uns in der Soko-Runde nicht verplapperten und uns mit Vornamen ansprachen.

Trotz des wie üblich überaus reichlich aufgetischten Frühstücks war die Stimmung gedrückt. Keiner der Kollegen konnte auch nur die kleinste Erfolgsmeldung vorweisen. Fehlanzeige auf der ganzen Linie! Wir saßen da und warteten darauf, dass das Telefon klingelte. Aber noch nicht einmal eine lauwarme Spur über die extra geschaltete Sondernummer, an der wir hätten ansetzen können.

Weder der Rundfunkaufruf noch der groß aufgemachte Zeitungsbericht brachten bisher zählbare Hinweise. Auch die Plakataktion und die Bürgerbefragungen vor Ort: Null! Es war schlicht und einfach frustrierend. Vor allem auch deshalb, weil immer die Gefahr besteht, dass so genannte Trittbrettfahrer erst auf die Idee gebracht werden, es auch mal zu versuchen.

Schon aus diesem Grunde ist gerade bei Tötungsdelikten eine schnelle Aufklärung vonnöten. Auch der Leiter der Polizeidirektion Heilbronn konnte sich auf der täglichen Presseerklärung nur hinter Allgemeinfloskeln verschanzen.

Meinem Chef beim BKA konnte ich ebenfalls nur melden: „Fehlanzeige!" Es war wie verhext. Bisher kannten wir ja noch nicht einmal die genaue Todesursache. Und solange von der Staatsanwaltschaft nicht die Freigabe der Leiche erfolgte, durften die Eltern noch nicht einmal ihre Tochter bestatten.

Kein Motiv und keine auch noch so vage Täterbeschreibung. Wir hatten nur den Auffindeort der Toten und wir wussten, dass das spätere Opfer vermutlich in männlicher Begleitung an der Tankstelle im Friedrichshaller Stadtteil Kochendorf etwas Trinkbares kaufte. Das war´s dann aber auch. Auch das entdeckte Fußkettchen brachte uns nicht weiter.

Wir gingen alle bisher bekannten Details nochmals durch. Sollten wir in der Eile doch irgendetwas Wichtiges übersehen haben? Der Täter konnte sich doch nicht in Luft aufgelöst haben. Hatte er getötet, weil ihn das Opfer kannte und er Angst hatte, sie würde ihn wegen des Beischlafs anzeigen? Hatte sie ihn provoziert? Oder mordete er aus so genannten niedrigen Beweggründen, allein, um seinen Geschlechtstrieb zu befriedigen?

Zwei der Heilbronner Kollegen hatten inzwischen auch die Kartei der einschlägig Vorbestraften aus der Region durchforstet und wollten diesen im Laufe des Tages einen Besuch abstatten. Sollte einer aus diesem Personenkreis kein nachprüfbares Alibi aufzuweisen haben, wäre das immerhin ein Ansatzpunkt. Es ist nun einmal so: Wer einmal wegen eines ähnlichen Delikts in die Mühlen der Justiz geraten ist, muss praktisch immer damit rechnen, zuerst in den Kreis der Verdächtigen zu geraten. Also hieß es für uns abzuwarten, bis auch diese Überprüfungen abgeschlossen waren.

In diesem Moment klingelte das Telefon. Kommissar Müller 2 saß am nächsten und riss den Hörer ans Ohr. Die Pathologie war dran. Aufgeregt bat Dr. Hammer Sepp Holdermüller und mich, sofort bei ihm vorbei zu schauen. Er habe eine kleine Überraschung für uns.

Wir verteilten noch kurz die Rollen: Sibel sollte mit den beiden Hauptkommissaren vom LKA die Stellung halten, falls sich Zeugen melden sollten. KHM Jakobs wollte sich an der Arbeitsstelle von Martina S. umhören und Kommissar Blaumann nochmals die allgemeine

Stimmungslage im Heimatort des Opfers erkunden.

Sepp Holdermüller und ich aber fuhren mit Volldampf voraus zur Gerichtsmedizin. Keiner sprach unterwegs ein Wort. Jeder hing seinen eigenen Gedanken nach. Was würde uns der Leichenschnippler wohl zu berichten haben?

16

In Bachenau herrschte nach wie vor tiefe Bestürzung. Ein ganzer Ort trauerte mit der betroffenen Familie. Am öffentlichen Backhäuschen trafen sich an diesem Vormittag alle Gehfähigen, Hausfrauen und Schichtarbeiter. Natürlich gab es nur dieses eine Gesprächsthema: „Was mag in einem solchen Täter vorgehen? Warum musste er solches Leid über eine vollkommen unbescholtene Familie bringen? Warum findet die Polizei nichts?" Die Stimmung heizte sich immer mehr auf und ein betagter Rentner forderte mit überschnappender Stimme sogar die Wiedereinführung der Todesstrafe für solche gemeinen Verbrecher. Selbst ernannte *Tatort-Kommissare* verrieten, wie sie den Fall in kurzer Zeit lösen würden. Aber man fragte sie ja leider nicht um Rat. Auf jeden Fall schweißte diese traurige Angelegenheit die Dorfgemeinschaft nur noch mehr zusammen.

Als KK Blaumann sich unter die am Backhaus Versammelten mischte, erstarb deren angeregte Unterhaltung, als ob man den Stecker am Radio herausgezogen hätte. „Bitte arbeiten Sie mit uns zusammen", sagte der erfahrene Polizist, nachdem er sich vorgestellt hatte. „Wir sind gerade in diesem verzwickten Fall auf Hinweise aus der Bevölkerung angewiesen. Jeder Tipp, und scheint er noch so bedeutungslos, kann uns auf die Spur des Täters führen. Und das wollen Sie doch alle, nicht wahr?"

Beifälliges Gemurmel setzte ein und nun redeten wieder alle wild durcheinander. „Herr Kommissar, wir glauben nicht, dass es einer aus unserem Ort ist. Hier kennt jeder jeden und er hätte sich bestimmt längst verraten. Es war bestimmt reiner Zufall, dass er sich die Martina als Opfer ausgesucht hat", meinte der Dorfpfarrer. „Schade, dass ihre Freundin Elke nichts mitbekommen hat."

Elke, die gerade in diesem Moment zu der Runde trat, ergänzte: „Ich mache mir ja selbst die größten Vorwürfe, aber Martina war in der Disco irgendwann wie vom Erdboden verschwunden. Und ich wusste beim besten Willen nicht, wo ich sie hätte suchen sollen. Wir hatten ja schließlich verabredet, dass wir uns auf jeden Fall um 01.00 Uhr an der Theke treffen, um den Zeitpunkt der Rückfahrt abzusprechen. Als sie nicht kam, musste ich davon ausgehen, dass sie von jemand anderem nach Hause gebracht werden und sie mir dies verheimlichen wollte. Ich wunderte mich ja auch, denn wir hatten sonst nie Geheimnisse voreinander gehabt – auch was Jungs anbetraf. Ich bin jedenfalls fix und foxy. Mein Hausarzt hat mich für diese Woche krankgeschrieben; ich wäre auch ehrlich gesagt absolut unfähig, zu arbeiten. Nachts kann ich nicht schlafen und auch tagsüber komm ich aus dem Grübeln nicht heraus."

„Kein Mensch macht dir einen Vorwurf, Elke", sagte ihr Nachbar Mühlbeyer. „Was hättest du denn auch tun sollen, wenn Martina sich heimlich verdrückt hat?"

„Hat Martina irgendjemand erzählt, dass sie an ihrem Arbeitsplatz einen Mann kennen gelernt hat?", mischte sich KK Blaumann ein. „Vielleicht hat sie ja mal im Musikverein oder beim Sporttraining eine Bemerkung fallen lassen".

„Da müssten sie besser mit ihren Alterskameraden reden", meinte der Landwirt Schweizer, der in der Blaskapelle das Tenorhorn bläst. „Uns Alten hätte sie das bestimmt nicht auf die Nase gebunden. Kommen Sie doch einfach heute Abend zu uns ins „Kreuz". Dort treffen wir uns immer nach der Musikprobe auf ein Bier.

Da viele der Musiker gleichzeitig auch im Sportverein aktiv sind, haben Sie da schon die meisten beisammen. Oder wie wäre es, wenn Sie gegen 18 Uhr hier durch den Ort fahren und per Lautsprecherdurchsage alle Vereins-mitglieder samt Freiwilliger Feuerwehr und Kleintierzüchtern, in die Halle einladen. Dort hätten alle Platz. Ich bin nämlich überzeugt, dass alle Vereinsmeier kommen werden. Martina war sehr beliebt, weil sie sich auch nie gegen Arbeitseinsätze gesträubt hat. Sie gehörte dazu, war einfach eine von uns."

„Recht hast du, Anton", sagte Frau Odenthal, die Pfarrhaushälterin. „Martina war immer hilfsbereit und freundlich zu allen. Zu den Einheimischen genauso wie zu den Reingeschmeckten."

„Gute Idee. Also abgemacht", sagte KK Blaumann. „Wir treffen uns um 20 Uhr in ihrer Sport- und Veranstaltungshalle. Vielleicht hilft es uns, ein klein bisschen Licht ins bisherige Dunkel zu bringen."

Man drängte dem Beamten noch ein frisches Brot vom Selbstgebackenen auf und diskutierte lebhaft weiter.

17

Kriminalhauptmeister Jakobs hatte sich unterdessen auf den Weg zu Martinas Arbeitsstelle gemacht. Das alt eingesessene und vor allem bei reiferer Kundschaft beliebte Schuhhaus Sommerfeld der Heilbronner City war wie immer recht gut frequentiert. Vermutlich hatte die Pressenachricht auch ein paar neugierige Stammkunden bereits zu dieser frühen Morgenstunde in den Schuhladen ihres Vertrauens getrieben. Bestimmt gab es dort nähere Informationen und so ganz nebenbei konnte man sich ja ein paar trendige Treter zeigen lassen. Auf jeden Fall hatten die Chefin und auch die beiden Verkäuferinnen alle Hände voll zu tun, die ausschließlich weiblichen Kunden zu bedienen.

So wähnten sich die Anwesenden wie Hauptdarstellerinnen im Sonntagabendkrimi, als Jakobs flott und so gar nicht im Stile von Inspektor Columbo das Geschäft betrat und sich bei der Ladeninhaberin auswies.

Auch sie wusste auf Befragen über „das nette und immer freundliche Fräulein Martina nur Positives zu berichten.

Wie konnte man einem so hübschen Mädchen etwas so Schreckliches antun. Da hieße es doch immer, Heilbronn und sein Umland wären das Sicherste im ganzen Land. Man könne sich ja als Frau bald nicht mehr alleine auf die Straße trauen. Hoffentlich würde dieser schreckliche Mensch bald gefasst. So lautete der Tenor der anwesenden Kundschaft. Und wenn der Herr Kommissar Fragen an sie hätte, würden sie selbstverständlich gerne zur Verfügung stehen.

Ein bisschen enttäuscht reagierten sie dann schon, als „der sehr gut aussehende und so höfliche Herr Kommissar" die Chefin fragte, ob er sie und ihre Angestellten in einem separaten Raum befragen könne.

Frau Sommerfeld bat KHM Jakobs daraufhin in ihr Büro. Leider konnten weder sie noch die beiden Verkäuferinnen ihm bei den Ermittlungen weiterhelfen. Auf die gezielte Frage, ob den Damen vielleicht ein junger Mann aufgefallen sei, der öfter mal ins Geschäft gekommen sei und sich bevorzugt von Martina S. bedienen lassen wollte, fiel ihnen zumindest auf Anhieb niemand ein. Die jungen Leute würden heute ja überwiegend Sportschuhe kaufen. Außerdem würden ja selbst die Discounter inzwischen Trecking- sowie Outdoorschuhe und Ähnliches zum Schleuderpreis anbieten. Da könnten sie als Fachgeschäft preislich natürlich nicht mithalten. Höchstens für die Hochzeit oder zum Tanzkurs würde hin und wieder noch „normales Schuhwerk" gekauft.

Da auch die anwesenden Kundinnen keine auffälligen *männlichen Subjekte* beobachtet hatten, musste Jakobs auch diese Station als Schlag ins Wasser abhaken und das Schuhgeschäft – sehr zum Bedauern der weiblichen Statistinnen – bald wieder verlassen.

18

Hätten sie nicht in ihrer grünen *Dienstkleidung* gesteckt – man hätte sie glatt für eine Senioren-Skatrunde halten können.

Pathologe Dr. Hammer, Professor Schlösser und der Chemiker Dr. Hunold wirkten, als würden sie uns zur Weihnachtsbescherung empfangen.

„Volltreffer, meine Herren!" Dr. Hammer strahlte wie ein Honigkuchenpferd. „Der Täter war raffiniert, aber eben nicht raffiniert genug. Natürlich gibt es auch Gifte, die sich in relativ kurzer Zeit rückstandslos abbauen. Aber hier war dies zum Glück nicht der Fall. Anhand der Analyse des Mageninhalts konnten wir übereinstimmend feststellen, dass dem Opfer eine erhebliche Dosis an chlorierten Kohlewasserstoffen zugeführt wurde. Da wir auch geringe Reste von Zucker, Schokolade und Alkohol fanden, können wir mit ziemlicher Sicherheit davon ausgehen, dass das Gift einer oder mehreren Likörpralinen beigemischt wurde."

Nun ergriff der Rechtsmediziner Professor Schlösser das Wort: „Auf den Täter selbst deutet seine Vertrautheit mit bestimmten giftigen Substanzen hin. Vor allem Chemiker, Pharmazeuten und Mediziner haben beruflich mit solchen Stoffen zu tun. Solche Spezialkenntnisse dürfen also auch im vorliegenden Fall für die Tatvorbereitung und -ausführung vorausgesetzt werden.

Ein möglichst unauffälliger Tathergang lässt sich nach Ansicht des Täters oft am besten eben mit Gift erzielen. Eine weitere Zweckmäßigkeitserwägung ist neben der oft als schwierig beurteilten Nachweisbarkeit die vermeintlich schnelle und sichere Wirkung. Wesentlich für die Wahl von Gift ist, mit welchen Giftarten der Delinquent vertraut ist und welche für ihn auf leichtem Wege erreichbar sind.

Im gleichen Maße, wie sich im Laufe der Jahre das Arsenal von Giftmördern erheblich vergrößert hat, haben sich auch im Zuge der Forschung und Entwicklung zugleich die kriminaltechnischen Möglichkeiten des Giftnachweises erheblich verbessert.

Chlorierte Kohlenwasserstoffe führen in zehn bis zwanzig Minuten zur Bewusstlosigkeit und zum späteren Tod. *)

Im vorliegenden Fall könnte es sich also so abgespielt haben, dass der Täter der Martina S. auf der Heimfahrt in Richtung Bachenau ein paar Pralinen anbot. Und welche Frau kann da schon widerstehen?

So, meine Herren, Ende meiner wissenschaftlichen Vorlesung! Jetzt sind Sie wieder an der Reihe!"

„Donnerwetter, was für ein ausgekochter

Kerl!" fügte ich an. „Der fordert uns regelrecht heraus. Aber solche Typen erwecken in mir den Bluthund und der hat bisher alle zur Strecke gebracht. Großes Dankeschön, dass Sie uns auf die richtige Fährte gebracht haben."

„Lassen Sie uns also resümieren", fuhr Sepp Holdermüller fort. „Nach dem Wenigen, was wir bisher ermitteln konnten, hielt der Täter demnach an der AGIP-Tankstelle in Bad Friedrichshall an, wo das Opfer ein paar Getränkedosen kaufte. Da das Gift nun bald Wirkung zeigen musste, bog er von dort aus auf die Straße zur Weinstube Friedauer und den dort verstreut liegenden Aussiedlerhöfen ab. Er kurvte ein bisschen im verlassenen Gelände herum, bis er eine halbwegs verschwiegene Stelle fand, wo er sich mit seiner Begleiterin ungestört glaubte.

Vermutlich schmuste dort das Pärchen als Einstimmung auf das geplante Liebesspiel, bis die junge Frau in den Armen des Täters bewusstlos wurde. Er entkleidete sie vollends und konnte sie jetzt widerstandslos und ohne abfällige Bemerkungen nach *seinen* Regeln benützen und missbrauchen. Wahrscheinlich ließ er erst von ihr ab, als er merkte, dass sie sich nicht mehr rührte."

Normalerweise gerät in dieser Situation ein Täter in Panik und neigt zu verhängnisvollen Fehlern. Nicht so dieser Mann! Mit kühlem

Verstand – und anscheinend mit Handschuhen - schaffte er es noch, die Kleider des Opfers in aller Ruhe penibel zusammenzufalten und hinter einem Busch abzulegen. Hätte er vermeiden wollen, dass die Bekleidungsstücke in der Nähe des Tatorts aufgefunden wurden, wäre es sonst das einfachste gewesen, sie mitzunehmen und irgendwo auf unauffällige Weise zu entsorgen. Er konnte sich Zeit lassen, denn wer sollte sich um diese nachtschlafende Zeit sonst noch in dieser Gegend herumtreiben? Und ein nahendes Fahrzeug hätte ihn ja schließlich sofort per Scheinwerfer gewarnt.

Dann trug er die Leiche auf den Armen vom Tatort zu der Stelle, wo sie am nächsten Morgen vom Hofhund der Familie Friedauer aufgefunden wurde. Er wollte uns, die Polizei, ganz gezielt in die Irre führen. Wir sollten glauben, dass der Tatort nicht in unmittelbarer Nähe des Auffindeortes lag, sondern ganz woanders. Irgendwo!

Wenn da nicht das Stanniolpapierchen gewesen wäre, das sich auf geheimnisvolle Weise unbemerkt   selbständig gemacht hatte. Aber er beging ja, wie uns inzwischen Martinas Eltern bestätigten, noch einen weiteren verhängnisvollen Fehler. Komisch, dass beim heutigen Stand der Kriminaltechnik noch immer die meisten Täter vom perfekten Mord träumen. Auch dieser coole Hund würde es nach unserem jetzigen Kenntnisstand nicht schaffen, uns aufs Kreuz zu legen. Gut, es mochte vielleicht noch Tage, Wochen oder gar Monate dauern. Aber dann würden auch bei ihm die Handschellen klicken.

Auch im herrlichsten Sommer muss man sich gelegentlich die Nase putzen. Und da meine Hand bei der Suche nach einem Taschentuch in der rechten Hosentasche nicht fündig wurde, griff ich in die linke. Und was fand ich da?

„Mein Gott, Sepp, ich werde alt! Ich habe euch doch tatsächlich meinen Fund auf der Weise nahe dem Auffindeort unterschlagen. Jetzt, wo wir wissen, dass das Gift mutmaßlich über eine Praline aufgenommen wurde, hat dieser natürlich enorme Bedeutung." Bei diesen Worten zog ich den Plastikbeutel mit dem rot glänzenden Papierchen aus der Tasche.

„100 Punkte, Stefan! Und auf der anderen Seite steht ja sogar aufgedruckt, welches Leckerli darin verpackt war. Mon Chérie."

Ich nahm mir ernsthaft vor, morgen zum Optiker zu gehen und mir eine Lesebrille der Sehstärke 4,5 verpassen zu lassen.

„Wir kriegen ihn, Sepp, so wahr ich Stefan Baumann heiße!", versprach ich meinem Kollegen. Und er sah es an meinen Augen, dass ich es todernst meinte. Wir setzten uns ins Auto und fuhren nun doch in relativ gelöster Stimmung zurück zum *Hauptquartier,* wo die

Kollegen uns bestimmt bereits voller Ungeduld
erwarteten.

*) Auszugsweise aus Groß/Geerds „Handbuch
der Kriminalistik"
- Wissenschaft und Praxis der Verbrechensbekämpfung - Band 1.

19

Beide regionalen Tageszeitungen hatten unserer Bitte entsprochen und auf der Titelseite einen großen Aufruf veröffentlicht. Samt Foto von Martina S. Die Chefredakteure selbst wandten sich in einem emotionsgeladenen Bericht ohne reißerische Effekte an ihre Leserschaft mit der Bitte, uns so gut wie möglich bei unserer Ermittlungsarbeit zu unterstützen.

Auch die Bild-Zeitung hatte wie befürchtet Witterung aufgenommen und ein Reporter-Team nach Bachenau gehetzt. Dort gingen sie quasi von Haus zu Haus und hechelten nach Informationen. Wenn sie sich lohnten, wurde wohl auch mal ein Geldschein gewechselt. Hauptsache, die Sensationsgier dieser speziellen Leserschaft konnte befriedigt werden – ohne jegliche Rücksicht auf menschliche Gefühle. Aber was haben schon Gefühle und Kommerz gemein? Erstaunlich, wie und auf welchen Kanälen diese Boulevardpresse immer wieder Tipps aus der Bevölkerung erhält.

So konnte es natürlich auch nicht ausbleiben, dass Fotos von der weinenden Mutter der Martina S. sowie ihrer Freundin Elke geschossen wurden. Die Bestie „Quote" verlangte danach, gefüttert zu werden.

Aus dieser Sicht geradezu ein Glück, dass das offizielle Obduktionsergebnis zu diesem

Zeitpunkt noch nicht vorlag und somit die Leiche von der Staatsanwaltschaft noch nicht zur Beerdigung freigegeben werden konnte. Sonst wäre sicher auch schon der Dorfpfarrer wegen seiner Predigt interviewt worden.

Auch bei den Vereinen, in denen das Opfer zu Lebzeiten aktives Mitglied war, wurde mit Informationen gemauert. Selbst diejenigen, die sich sonst auch für die Vesperpause das Blatt in schwarz-rot gönnen, zeigten sich solidarisch mit der verschworenen Dorfgemeinschaft. Erstaunlich, dass es so etwas in der heutigen Zeit noch gibt. Aber die Bürger solcher bukolischen Landschaften wissen einfach noch zu schätzen, dass hier jeder für den anderen da ist, wenn er gebraucht wird oder selbst in Not gerät.

Überall wurde der Verstorbenen gedacht. Vor ihrem Elternhaus wurden Blumen niedergelegt und Kerzen angezündet. Eine Welle der Sympathie schwappte durch das ganze Dorf.

Beim Dämmerschoppen im „Kreuz" wurde gar die Gründung einer Bürgerwehr ersonnen. Aber was würde das bringen? In Bachenau selbst war man ja schließlich sicher.

Der Ortsvorsteher bot uns jede Hilfe und Unterstützung bei den Ermittlungsarbeiten an und als KK Blaumann per Lautsprecherdurchsage auf die geplante Zusammenkunft am Abend in der Gemeindehalle aufmerksam machte, standen die Bewohner an der Straße wie bei der Tour de France am Anstieg nach Alpe d`Huez.

Von unserer Mannschaft eilten noch KHK Stankowsky und KHM Jakobs nach Bachenau, um den Kollegen Blaumann zu unterstützen. Die Halle war bis auf den letzten Platz besetzt. Die Bürger erhielten von uns alle Informationen, die bis zu diesem Zeitpunkt vorlagen und die wir mit gutem Gewissen weitergeben konnten, ohne unsere Ermittlungen zu blockieren.

Aber, so sehr sich alle bemühten, uns mit Altbekanntem oder Neuigkeiten zu füttern – es brachte uns im Moment nicht weiter.

20

In aller Frühe klingelte Müller 2 in Begleitung von KHK Weigelt an der Haustüre von Markus Lendowsky in der Heilbronner Mönchsee-straße. Vielleicht erreichten sie ihn noch, bevor er zur Arbeit ging.

Eine Frau öffnete. „Frau Lendowsky? Könnten wir bitte kurz Ihren Mann sprechen?" Da erschien der Hausherr auch schon im Flur und schickte seine Frau zurück ins Esszimmer.

„Ich nehme an, die Herren sind von der Polizei?", fragte er. „Ich hab`s soeben in der Zeitung gelesen und musste ja wohl oder übel mit Ihrem Besuch rechnen. Einmal ein Mädchen auf den Rücken geworfen und schon für`s ganze Leben gebrandmarkt! Wann hört das endlich mal auf? Ich habe meine Strafe abgesessen, eine funktionierende Familie und einen Job.

Und jetzt kommt als nächstes natürlich die Frage nach meinem Alibi. Also gut: Ich war am besagten Abend mit meinen Kumpels beim Kegeln und danach lag ich - wie sich für einen braven Ehemann geziemt - neben meiner Frau im Bett. Sie können sie ja fragen, wenn Sie es nicht glauben.

„Ist schon okay, Herr Lendowsky, wir werden es notfalls überprüfen. Aber wir sind immer froh, wenn jemand nach einem Warnschuss auf den rechten Weg zurückfindet. Nichts für ungut und einen schönen Tag!"

Kommissar Müller 2 schaute auf seinen Computerausdruck, den er sich von der Datenzentrale hatte erstellen lassen. Normalerweise sah man den beiden ihren Beruf nicht schon von weitem an, obwohl *alteingesessene* Knastler geradezu einen Riecher für die Hüter von Recht und Ordnung haben.

Da es ein heißer Tag zu werden versprach, hatten sie ihr Jackett zu Hause gelassen und auch auf das Anlegen des auffälligen Pistolenhalfters verzichtet. Ganz im Stile von Miami Vice-Agenten steckten sie ihre Dienstwaffe leger in den Hosenbund und die Handfesseln baumelten neben dem Handy am Hosengürtel.

„Sind wir nicht ein cooles Team?" feixte Weigelt und fragte: „Wer ist denn unser nächster Aspirant?"

„Jetzt geht´s nach Untergruppenbach in die Wolfgang-Amadeus-Mozart-Straße. Zu einem Herrn Hagedorn. Und wenn wir den abgearbeitet haben, stehen immer noch neun Anwärter auf meinem Zettel – quer durch den Landkreis.

„Wolfgang-Amadeus-Mozart-Straße. Klingt ja reichlich musikalisch. Eigentlich hätte dieser Herr passend dazu in *Sing Sing* einsitzen sollen."

Wir hatten noch nicht einmal geklingelt, da wurde schon die Haustüre aufgerissen. „Oh,

Bullenausflug schon so früh am Tag? Erschießt ihr mich, wenn ich nicht freiwillig mitkomme? Aber nicht mit Jimmy Hagedorn! Der ist nämlich ein ganz Braver geworden und schaut Schlampen nur noch bei Youpom an. Und ganz nebenbei hatte ich letzte Woche Spätschicht. Könnt ja bei meinem Arbeitgeber nachfragen, ob ich dabei mit einer Blondine rumgepoppt habe. Schönen Tag noch, die Herren und weiterhin viel Erfolg!" Und damit schlug er uns die Türe vor der Nase zu.

„Diesen Jimmy können wir auch abhaken. Wenn das so weitergeht, kehrt bei mir der Frust ein. Ich glaube, ich muss mich an irgendeiner Dönerbude *mit viel scharf* abreagieren. Warum behandeln die uns alle eigentlich wie Dreck? Schließlich sind es ja nicht wir, die auf eine solch steile Karriere verweisen können. Vielleicht sollte ich doch lieber zur *Sitte* wechseln."

„Glaubst du etwa, da wäre es besser?", fragte KHK Weigelt. „Da darfst du dich mit ordinären Huren und ihren Haremswächtern samt Kampfhunden rumschlagen und hast anschließend keine Lust mehr, dich normal mit einem normalen Mädchen zu unterhalten."

„Hast ja recht", gestand Müller 2 alias Schimansky. Bei ihrem nächsten Kandidaten öffnete auf ihr Klingeln eine ältere Frau. Nein ihr Sohn Hardy weile seit einer Woche im Urlaub auf Mallorca und komme erst am Samstag zurück. Ob sie den Herren einen Kaffee anbieten könne? Hardy habe auch inzwischen eine ganz liebe, nette Freundin.

„Alle finden sie auf den Pfad der Tugend zurück", meinte Weigelt. „Nur der eine, den wir im Schweiße unserer Füße suchen, weil er sich ernsthaft mit uns angelegt hat, wird uns noch viel Ärger bereiten. Das spüre ich im Urin."

Auch die restlichen Nachforschungen brachten auf Anhieb nichts ein. Im einen oder anderen Fall würden sie die Alibis überprüfen; aber sie hatten keinen Zweifel daran, dass sie in diese Richtung nicht weiterermitteln mussten. Aber in diesem Stadium war nun einmal der einschlägig bekannte Personenkreis abzuklopfen. Wo hätte man sonst auch ansetzen sollen, ohne jede heiße Spur?

21

„Jaaaa, aaaahhhh!" durchdrang Sibels orgastischer Urschrei die helle Sternennacht über Neckarsulm. Von dieser gewaltigen Reaktion auf meine *liebevollen* Bemühungen völlig überrascht, hoffte ich nur inständig, dass infolge des geöffneten Schlafzimmerfensters die Bewohner des Mehrfamilienhauses oder womöglich sogar die gesamte Nachbarschaft nicht auf die Idee kamen, die Polizei zu verständigen. Immerhin konnte man solche Laute durchaus in die Kategorie *dringende Hilferufe einer Frau in höchster Not* einordnen.

Dabei hatte ich doch nur im Nachtschränkchen nach einem Tempo-Taschentuch gestöbert, wobei mir ein Vibrator in die Hände fiel. Dieser gut dimensionierte und bis zum Batterie-Ende ausdauernde Liebhaber aus Kunststoff übernahm dann – von Sibel zunächst unbemerkt – zu 99 Prozent das äußerst wirkungsvolle Vorspiel. Das restliche Prozent steuerte ich dann in natura als krönenden Absch(l)uss bei.

„Du hast mich fix und foxy gemacht, Stefan", brachte sie immer noch heftig keuchend hervor. „Ich möchte mich morgen früh gar nicht im Spiegel anschauen."

„Ach, was", verschloss ich ihren Mund mit Küssen. „Einfach ein bisschen Make-up mehr als sonst und dein schwabentürkisches Gesichtchen wird die Kollegen wie üblich begeistern." Und damit sich das Schminken auch wirklich lohnte, schalteten wir den Turbo ein und setzten unsere herrliche Freizeitbeschäftigung munter fort.

Allerdings musste ich sie nach dem morgendlichen Aufstehen beim Gang zum Auto leicht stützen, weil sie angeblich noch Puddingbeine hatte. Aber ein kräftiges Frühstück einschließlich ein paar Tassen tiefschwarzen Kaffees bei den Friedauers würde sie schon wieder auf Touren bringen.

Die anderen Soko-Kollegen erwarteten uns bereits gespannt wie ein Flitzebogen. Sepp Holdermüller grinste mir nur verschworen zu; er hatte sofort die schwarzen Ringe unter Sibels Augen bemerkt.

Endlich konnten wir ihnen das Obduktionsergebnis liefern: Tötung mittels Gift und zwar durch chlorierte Kohlenwasserstoffe. Da sie im Mageninhalt eindeutig nachzuweisen waren, erfolgte die Beibringung unzweifelhaft durch Nahrungsaufnahme.

„Aller Voraussicht nach wählte der Täter für diesen Zweck eine besonders bekannte und beliebte Pralinensorte, nämlich Mon Chérie, was auf gut deutsch *Mein Liebling* bedeutet. Wenn das nicht makaber ist!

Wir können fast sicher von dieser Marke ausgehen, weil Kollege Baumann auf dem Feld ein Papierchen fand, in dem diese

Pralinen eingewickelt sind. Ein ganz wichtiges Mosaiksteinchen zum Fahndungserfolg.

Dass ich die fettgedruckte Aufschrift übersehen hatte, verschwieg er großzügig.

Mehrere Anrufer hatten sich bereits auf den von uns veranlassten Zeitungsbericht hin gemeldet. Alle waren sich darin einig, dass sie das spätere Opfer in Gesellschaft eines nicht mehr ganz so jungen Mannes gesehen hatten. Allerdings fiel seine Beschreibung wie üblich so unterschiedlich aus, dass sie letztlich auf fast jeden passen würde. Nur in der Körpergröße stimmten alle dahingehend überein, dass er nicht über 1,75 Meter groß war. Aber: Haarfarbe von mittelblond bis brünett, Stoppelschnitt bis Scheitel linksseitig, Figur von schlank bis kräftig, Alter von Ende 20 bis Mitte 30.

Eine Zeugin jedoch lieferte endlich den wertvollsten Hinweis. Sie meinte nämlich gehört zu haben, dass der Begleiter eindeutig sächselte. Ein Dialekt, den man schwerlich verwechseln kann.

„Fassen wir nochmals zusammen, Kollegen, was wir bisher haben", sagte Sepp Holdermüller.

„Ein Mann, der dem Jünglingsalter bereits entwachsen ist, vermutlich gebürtiger Sachse, Kenntnisse mit Giften und deren Wirkung inklusive Möglichkeit zur Beschaffung derselben, höchst wahrscheinlich Pralinen der Sorte „Mon Chérie" als *Tatwaffe*. Bisher kein Handy oder dergleichen von Martina S. aufzufinden. Ganz wichtig: In der Tatnacht war Vollmond. Schändung des Opfers in vermutlich bewusstlosem Zustand. Täter muss ein Auto besitzen (Fabrikat, Modell und Farbe bisher unbekannt). So, und jetzt kommst du wieder ins Spiel, Stefan!"

„Ja, Kollegen, offensichtlich haben wir es mit einem Täter zu tun, der sich aus irgendwelchen sexuellen Motiven heraus abreagieren muss. Vermutlich liegen die Auslöser – wie so oft – bereits im Kindheitsalter. Danach vielleicht gestörte Pubertät und geschlechtliche Entwicklungsstörungen im Allgemeinen durch falsche oder schamhafte Erziehung. Übertriebene Onanie, Ablehnung alles Weiblichen.

Ich hatte auf der Polizeischule unter anderem auch Fachbücher des anerkannten Sexualforschers Dr. Magnus Hirschfeld in Händen, der eine Kapazität gerade im Hinblick auf so genannte *Geschlechtsverirrungen* war. Der Band *Sexualität und Kriminalität = Überblick über Verbrechen geschlechtlichen Ursprungs* hatte es mir besonders angetan, zeigte er doch auf, welchen Erfindungsreichtum kranke Hirne besitzen, wenn es darum geht, ihre Triebe zu befriedigen. Als Gründer des Instituts für Sexual- wissenschaft hatte sich Hirschfeld zum Lebensmotto gemacht: *Durch Wissenschaft zur Gerechtigkeit.*

Ähnlichen Forschungsgebieten widmet sich heute das Institut für Sexualwissenschaft und Sexualmedizin an den Unikliniken der Charité Berlin inne. Aber an diese Stelle können wir uns immer noch wenden, wenn wir ein genaues Täterprofil haben. Bis jetzt sind ja alles nur Vermutungen.

Auch Prof. Volkmar Sigusch, eine absolute Kapazität unter den Sexualforschern und viele Jahre Leiter des Frankfurter Instituts, kommt zu interessanten Ergebnissen. Im Vorwort zu seinem Buch „Neosexualitäten" heißt es beispielsweise: *Am Grund der Liebe aber liegt die Perversion, ohne die die Liebe Ödnis wäre. Deshalb und weil durch kulturelle Transformationen immer ungewisser geworden ist, was überhaupt noch pervers sei, werden Perversionen in diesem Buch ausführlich analysiert.*

Er sagt auch (ich zitiere aus der mitgebrachten Abhandlung): *Auf jeden Fall wird das, was wir heute Sexualität nennen, von Kultur zu Kultur und von Generation zu Generation umkodiert, neu bewertet und anders erlebt. Für Freud war das Weib kein Sexualwesen eigener Art, und den Oralverkehr hielt er für pervers. Heute wird dieser Position von vielen widersprochen. Es kommt also offenbar sehr darauf an, wer zu welcher Zeit, in welcher Ethnie, in welchem Lebensalter, mit welcher Geschlechts- und Sozialerfahrung, unter welchem Aspekt, mit welcher Intension über das Sexuelle spricht.*

Und im Klappentext zu Neosexualitäten"

heißt es: *Sigusch zeigt, wie sich unser Geschlechts- und Sexualleben in den letzten Jahrzehnten verändert hat: Selbstbewusster, freier und buntscheckiger, wird es zugleich zunehmend kommerzialisiert und banalisiert.*

Wie ihr seht, habe ich mich ein bisschen kundig gemacht. „Ich bedanke mich, liebe Studenten, für eure Aufmerksamkeit", fügte ich professorenhaft hinzu. „Ihr merkt, allein dieses Gebiet der Abartigkeiten ist ein unendlich weites Feld. Und ich bin nach wie vor überzeugt, dass wir bei diesem Fall genau auf diesem Feld ackern.

Nochmals einen Satz zu der Tötungsmethode. Sepp, kannst du dich unter der Rubrik „Geheimnisvolle Todesfälle" an den berüchtigten Kindermörder Seefeld erinnern, der zwölf Jungen im Alter von fünf bis zwölf Jahren tötete? Er soll seinen Opfern Zuckerstücke verabreicht haben, auf die chlorierte Kohlenwasserstoffe getropft waren. Bevor sie starben, missbrauchte er sie. Und genau denselben Salat haben wir jetzt auch in der Schüssel, wie es aussieht.

Aber wir haben einen großen Vorteil: Der Täter weiß nicht, was und wie viel *wir* wissen. Und ich schlage daher auch vor, dass bei der Information der Öffentlichkeit wir zumindest vorläufig auch bei unserer Version des *Giftmordes* bleiben. Weitere Einzelheiten können aus ermittlungstaktischen Gründen noch nicht bekannt gegeben werden. Einverstanden?"

Alle stimmten zu und so wollte ich nun ein weiteres Verfahren lostreten, das hoffentlich den Kreis von Verdächtigen eingrenzen könnte.

Ich würde aus den einschlägigen Karteien aller Landeskriminalämter und auch des BKA Erkundigungen einziehen lassen auf Grund der uns vorliegenden Informationen. Wann und wo wurden in Vollmondnächten Missbrauchsdelikte begangen? Wo bevorzugt an blonden Frauen? Konnten die Täter gefasst werden und was waren ihre Motive? Waren Personen darunter, die über spezielle medizinische, pharmazeutische oder chemische Kenntnisse verfügten?

Auch im Computerzeitalter würde dies Zeit in Anspruch nehmen. Und zwar weniger deshalb, weil die datengefütterten Elektronengehirne an Demenz leiden, sondern vielmehr wegen des notorischen Zuständigkeitsgerangels zwischen dem Bund und den Ländern.

22

„Haben Sie schon bestimmte Vorstellungen, wo Sie gerne hinfliegen möchten?", fragte die freundliche Angestellte im Heilbronner Reisebüro. „Und wann kann es denn losgehen? Falls Sie terminlich flexibel sind, hätte ich hier ein paar Last-Minute-Schnäppchen. Reisen Sie alleine? Dann würde ich Ihnen beispielsweise Tunesien empfehlen. Sonnenschein garantiert und sehr preiswert.

Wir haben soeben ganz kurzfristig noch für Hammamet ein paar freie Plätze für Singlereisende hereinbekommen. Vier Sterne-Tophotel, direkt am Strand mit all inclusive. Eigene Tennisplätze und sogar Reitstall. Zwei Wochen komplett für 659 Euro. Sie müssten sich allerdings rasch entscheiden, denn das ist wirklich ein Knüller."

Was gab es da lange zu überlegen? Nordafrika – da wollte Uwe Kretzsche schon immer mal hin. Sonne, Strand, aber vor allem der geheimnisumwitterte Orient, wie er ihn aus Karl May-Romanen kannte. Vielleicht sogar per Kamel auf Hadschi Halefs Spuren durch die Wüste reiten. Sofort sprang seine Fantasie an.

„Bei den Single-Reisen ist der Anteil an Damen und Herren meist ziemlich ausgeglichen, sodass man auch schnell Kontakt bekommt, falls man dies wünscht", versuchte ihn die

Reiseverkehrsfrau vollends zu überzeugen.

„Gebongt, ich nehm`s!" sagte der Apothekenhelfer. „Muss ich eben anschließend wieder Lotto spielen."

„Dann mache ich Ihnen gleich die Reiseunterlagen fertig. Ich bräuchte dann nur noch Ihren Ausweis. Allerdings geht es dann gleich übermorgen los. Flug ab Stuttgart. Hotel „Mustafa Khayam" in Hammamet. Bezahlen Sie bar oder mit Karte?

„Bitte mit EC-Karte. Ich wusste ja nicht, dass ich sofort etwas Passendes finde."

„Kein Problem, Herr Kretzsche. Sie werden bestimmt begeistert sein von diesem faszinierenden Land mit seinen freundlichen Menschen. Am liebsten würde ich mitfliegen und den Bürostuhl mit einer Liege direkt am Meer tauschen. Und dann noch in so netter Begleitung. Aber mein Urlaub ist leider schon zu Ende und irgendwann muss ich ja auch etwas tun für mein Geld."

Als Uwe Kretzsche das Flugticket und den Hotel-Voucher in Händen hielt, fühlte er sich nach langer Zeit wieder richtig frei und unbeschwert. Das war doch eigentlich ein Grund, sich für heute Abend mit Kollegin Carmen auf ein Gläschen zu verabreden. Und bestimmt war sie auch nicht abgeneigt, wieder mit auf seine Bude zu kommen. Lieber einen Spatz in der Hand als die Taube auf dem Dach. Da sie offensichtlich so gut wie über keine Vergleichsmöglichkeiten in Sachen Sex verfügte - die Entjungferung durch ihren ersten Liebhaber hatte sie nicht gerade zu immer neuen Abenteuern animiert - war sie restlos happy mit dem, was Uwe ihr zu bieten hatte.

Zu Hause hatte sie aus dieser Männer-bekanntschaft ein Geheimnis gemacht und ihre Eltern damit beruhigt, dass sie mit einer Freundin ausgehe. Sie wollte zumindest für den Anfang ihr Glück mit niemandem teilen und allen neugierigen Fragen aus dem Wege gehen.

Also sagte sie mit leuchtenden Augen zu, als Uwe sie einlud und auch dieser Abend gestaltete sich für beide so, wie sie es sich eigentlich erhofft hatten. Carmen schwebte auf Wolke sieben und ihr neuer Freund war froh, dass er seine sexuellen Phantasien nicht mehr andauernd durch Selbstbefriedigung in ruhiges Fahrwasser bringen musste, sondern zwei willige Schenkel fand, zwischen denen er sich nach Herzenslust austoben durfte.

23

Im sächsischen Zwickau, der reizvollen Stadt an der Mulde, saß in ihrer bescheidenen Drei-Zimmer-Wohnung Ramona Kretzsche bei einem genauso bescheidenen Imbiss.

Soeben hatte nach langer Zeit sich wieder einmal ihr Sohn Uwe telefonisch gemeldet. Während er sonst immer eher depressiv klang, schien er sich momentan in geradezu euphorischer Stimmung zu befinden.

Er schwärmte von den netten Kollegen an seinem Arbeitsplatz. Mit einer davon, Carmen mit Namen, sei er auch schon mal abends ausgegangen. Und er komme gerade aus dem Reisebüro, wo er zwei Wochen Tunesien gebucht hätte. Schon in wenigen Tagen würde er sich im Flieger die Welt von oben anschauen.

„Mensch Uwe, das freut mich aber für dich. Willst du mich nicht auch mal wieder besuchen kommen? Ich würde für dich auch Quarkkeulchen backen, die du so gerne magst."

„Ne, lass mal Mutsch, ich fühle mich hier wohl. Bis Weihnachten musst du also schon noch warten, bis ich wieder Zwickau auf den Kopf stelle."

Na ja, hätte er das doch damals nur getan, dachte sich Ramona Zetzsche. Aber immer hockte er nur in seiner Bude und ging nie mit Kameraden abends weg. Und Mädchen waren für ihn eh ein Reizwort – aber eher im negativen Sinne.

Irgendwann hatte sie das Gefühl, dass er ihrem Einfluss entglitt. Was hätte sie auch tun sollen. Tagsüber war sie bei der Arbeit. Als allein erziehende Mutter musste sie schließlich für den Unterhalt sorgen. Uwes Erzeuger hatte sich mit unbekanntem Aufenthalt davongeschlichen und monatliche Zahlungen für seinen Sprössling konnten somit auf der Einnahmenseite im Haushaltsbudget gestrichen werden.

Einmal hatte sie Uwe nachts dabei ertappt, wie er nackt auf dem Bett lag und onanierte. Da sie naturgemäß keine Ahnung hatte, wie Jungs in diesem Alter sexuell ticken, drohte sie ihm damit, es seinen Freunden zu erzählen und ob er denn überhaupt wisse, was es für schwerwiegende körperliche Folgen es habe, wenn er sich weiterhin andauernd einen runterhole? Solche und viele andere Ammenmärchen waren in deutschen Sexualerziehungsratgebern einfach nicht auszurotten und geisterten daher weiterhin munter als Aufklärungsmethodik durch die Lande. Überhaupt bedurfte es ja erst eines Oswalt Kolle, um die doch ach so überlegenen deutschen Liebhaber eines Besseren zu belehren.

Nach dem erwähnten Vorfall zog Uwe seine Mutter gar nicht mehr ins Vertrauen. Aufklärung eines Jungen in der Pubertät ist eigentlich auch Männersache, redete sie sich immer wieder ein.

Aber dieser leibliche Vater war nun einmal nicht greifbar und sie selbst hatte auch keinen neuen Freund, der bei diesem schwierigen Thema hätte aushelfen können.

Es begann die blühende Zeit der Videotheken und da Uwe inzwischen achtzehn geworden war, bediente er sich genauso legal wie hemmungslos der dort in reichlicher Auswahl angebotenen Hardcore-Filmchen.

Ohne jegliche theoretischen (und praktischen schon gar nicht) Vorkenntnisse stolperte er voll in die Fallstricke sexueller Abartigkeiten und Obszönitäten und nahm sie wie selbstverständlich als das wahre Leben an.

Solange seine Mutter bei der Arbeit war, flimmerten die übelsten Sexpraktiken über seinen kleinen Fernseher.

Als Ramona Zetzsche einmal beim Aufräumen seines Zimmers ein paar solcher „Aufklärungs-DVDs" made in USA in die Hände fielen, konnte sie der Versuchung nicht widerstehen. Was sie sah, entsetzte und ekelte sie derart, dass ihr regelrecht übel wurde. Kannte sie doch aus der eigenen Erziehung nichts anderes als die von allen guten Deutschen praktizierte Missionarsstellung. Oralverkehr und andere gezeigten schändlichen Techniken würden deshalb auch nie ihrem Leitbild entsprechen. Solche Schweinereien waren höchstens etwas für Huren.

So kam es, wie es irgendwann kommen musste. Da Uwe aus den Filmen, bei denen die so genannten Darstellerinnen immer bei allem glücklich lächelten, lernte, wie man Frauen hart nehmen muss, war es für ihn nur logisch, dass alle diesen brutalen, gewaltsamen und ungeschützten Geschlechtsverkehr bevorzugten. Ein Mädchen war für ihn damit zum reinen Sexobjekt entartet. Und nachdem er bei einer Vertreterin des horizontalen Gewerbes seine Jungfräulichkeit verloren hatte, hielt er es für selbstverständlich und normal, sich bei jeder jungen Frau mit Gewalt nehmen zu können, was sie ja sowieso herbeisehnte.

Als man ihren Uwe verhaftete, brach für Ramona Zetzsche eine Welt zusammen. Sie erkannte zu spät, dass sie bei seiner Erziehung alles falsch gemacht hatte. Aber sie konnte auch nicht sagen, was der richtige Weg gewesen wäre.

Zwei Jahre Haft hatten aus Zetzsche nicht einen gebrochenen Menschen gemacht. Nein, sein Hass war nur noch größer geworden auf alles Weibliche, das jung und blond war und sich über seine nicht gerade mächtig geratenen Zeugungsorgane lustig machte.

24

Schneller als erwartet, trafen in unserer Soko-Zentrale *Weinstube* Ergebnisse aus den Abfragen bei den Länderpolizeibehörden ein. Wir bildeten aus unserem Team Zweiergruppen, welche die Mitteilungen im Detail auswerten sollten.

Natürlich kamen aus den Großstädten wie Berlin, Frankfurt oder Hamburg mit sozialen Brennpunkten bisher die meisten Hinweise. Vergewaltigungen und Missbrauchsfälle sowie Nötigungen aller Art sind dort an der Tages- oder besser gesagt Nachtordnung. Auch Tötungsdelikte unter Gifteinsatz waren vereinzelt darunter. Dabei wurden jedoch eher unliebsame Verwandte oder Erbschleicher nachhaltig beseitigt.

Übereinstimmende Auffälligkeiten, die auf unser inzwischen erarbeitetes Täterprofil hindeuteten wie bevorzugt blonde junge Frauen, einschlägige toxikologische Vorkenntnisse, Vollmondnacht etc. waren jedoch nicht dabei. Lediglich aus München traf eine Meldung ein, wonach ebenfalls in einer Vollmondnacht eine blonde Gunstgewerblerin einem Mord zum Opfer fiel. Allerdings starb sie nicht an Gift – sie wurde erdrosselt.

Plötzlich sprang Sepp Holdermüller auf und schrie: „Da brat mir doch einer einen Storch!"

Im nächsten Augenblick erschien der Kopf

von Frau Friedauer in der Tür zur Küche und sie fragte: „Habe ich richtig gehört, möchten Sie ein halbes Hähnchen, Herr Holdermüller?"

„Nein, nein, Frau Friedauer, war nur ein Scherz! Ich glaube nur, dass ich etwas Wichtiges gefunden habe. Mensch Kollegen, mein Gefühl sagt mir, dass ich ein Blatt mit einem Grand mit Vieren auf der Hand habe. Schneider, schwarz angesagt."

Ich war der erste, der ihm über die Schultern schaute und was ich da las, bestätigte Sepps Verdacht.

Das LKA Leipzig führte in seinen Akten einen gewissen Uwe Kretzsche, 32 Jahre alt, Ausbildung zum pharmazeutisch-technischen Angestellten, ledig, früher wohnhaft in Zwickau, vorbestraft wegen Vergewaltigung, nach Strafverbüßung von zwei Jahren Jugendhaft abgemeldet nach Heilbronn. Der Besagte war bei seiner Tat damals äußerst brutal vorgegangen und hatte die junge Frau übel zugerichtet.

„Klaus, frag doch gleich mal in Leipzig nach. Die sollen noch nachschauen, ob sich das Ganze zufällig in einer Vollmondnacht abgespielt hat."

„Sepp, ich bin ganz deiner Meinung. Das könnte unser Mann sein", sagte ich und die anderen Kollegen stimmten uns zu.

„Unabhängig davon, was in den nächsten Tagen noch die Polizeicomputer an Täter-Menüs ausspucken werden, sollten wir uns dieser ernsthaften Spur mit aller Hingabe widmen."

„Der Begriff *Hingabe* gefällt mir ausgezeichnet, Steff", grinste Holdermüller hinterhältig. Und prompt wurde Sibel wieder puterrot. Irgendwann würde ich mich noch an ihm vergreifen und diesmal mit einer *Großen Außensichel.*

Doch nicht genug damit, denn als wir gerade dabei waren, verschiedene Fahndungsgrüppchen zu bilden, riss uns das Telefon aus unserer Konzentration. Stankowsky saß am nächsten dran und nahm ab.

„Herr Baumann, da ist eine Frau Ohnsorg aus Heilbronn dran. Die hat in der Tageszeitung unseren Aufruf gelesen, wonach nach einem Mann um die Dreißig gesucht wird, der sächsischen Dialekt spricht. Aber reden Sie doch bitte selber mit ihr."

„Spreche ich mit der Kriminalpolizei, die den Mord an der jungen Frau untersucht?", zischte eine etwas undeutliche weibliche Stimme älteren Datums aufgeregt in den Hörer. Es klang so, als hätte sie keine Zähne im Mund.

„Ja, da sind Sie bei mir richtig. Sie sprechen mit Kriminaloberrat Baumann vom Bundeskriminalamt."

„Hui, da sind Sie ja wahrscheinlich ein ganz hohes Tier. Ich kenne das nämlich aus dem Fernsehen. Da spielen auch immer solche Kommissare und Chefinspektoren mit. Barnaby und Wallander oder wie die alle heißen. Dann sind Sie also auch so einer?"

„Sagen Sie einfach Herr Baumann zu mir. Was haben Sie uns denn mitzuteilen?"

„Also, ich heiße Elisabetha Ohnsorg, bin seit 15 Jahren Witwe und wohne in Heilbronn in der Mönchseestraße 173. Im Haus schräg gegenüber von den Webers wohnt seit ein paar Monaten ein junger Mann, der ganz arg sächselt. Ich merk das immer, weil er mich freundlich grüßt. Und weil Sie doch heute in der Zeitung schreiben, dass Sie einen Mann suchen, der aus Sachsen stammt.

Also, dieser junge Mann ist immer nett zu mir und hat mir sogar schon meine schwere Einkaufstasche ins Haus getragen. Nur vor ein paar Tagen, ich glaube es war am Samstag, da hat er mich richtig angefahren. Als er nämlich sein Auto innen stundenlang ausgesaugt und gewienert hat."

„Was für ein Auto hat er denn, Frau Ohnsorg. Und welche Farbe? Wissen Sie vielleicht auch, wie er heißt und wo er arbeitet?"

„Herr Kommissar, Sie dürfen nicht glauben, dass ich meinen Nachbarn nachspioniere. Nein, ich bin nicht so eine. Mit Autos kenne ich mich nicht aus. Ich weiß nur, dass es blau ist. Dunkelblau. Und ganz neu ist es auch nicht mehr. Es brummt immer ziemlich laut, wenn er wegfährt. Seinen Namen weiß ich auch nicht.

Da müssten Sie mal seine Vermieter fragen. Vielleicht wissen die auch, wo er arbeitet."

„Vielen Dank, Frau Ohnsorg. Sie haben uns sehr geholfen. Ein Kollege wird nachher auch bei Ihnen vorbeischauen. Dann können Sie uns genau zeigen, wo der junge Mann wohnt."

„Bekomme ich jetzt auch die 2.000 Euro Belohnung, Herr Chefinspektor?"

„Da müssen wir mal noch abwarten, gute Frau. Wenn uns Ihr Tipp wirklich auf die richtige Spur gebracht hat, kann das schon sein. Halten Sie doch bitte weiterhin die Augen auf und rufen Sie uns sofort an, wenn Ihnen etwas Ungewöhnliches auffällt. Der Kollege wird Ihnen auch mitteilen, wo wir zurzeit immer erreichbar sind. Nochmals besten Dank für Ihren Hinweis."

„Endlich ein Volltreffer", sagte ich, als ich aufgelegt hatte. „*Schimansky*, Sie rufen bitte gleich beim Einwohnermeldeamt und bei der Staatsanwaltschaft Zwickau an. Die sollen schnellstens aus den Akten feststellen, ob es Angehörige gibt, wo diese wohnen und uns nach Möglichkeit auch eine Telefonnummer mitteilen.

Ich schlage weiter vor, dass die beiden Kollegen vom LKA zu den Vermietern, einer Familie Weber, fahren und Sie, Frau Ökücü, besuchen bitte die nette Witwe Elisabetha Ohnsorg. Vielleicht fällt ihr noch etwas ein.

Sozusagen von Frau zu Frau. Inzwischen konnte sie sich bestimmt auch daran erinnern, wo sie ihr Gebiss hat liegenlassen."

Als sie mein breites Grinsen sah, konnte ich mir lebhaft vorstellen, was sie am liebsten mit mir getan hätte. Wahrscheinlich würde sie mir bereits heute Nacht alles in barer Münze heimzahlen.

Sepp und ich wollten im Gefechtsstand die Stellung halten. Müller 2 hatte inzwischen bereits erfahren können, dass es in Zwickau eine Ramona Zetzsche gab, die in der August-Bebel-Straße 43 gemeldet sei. Auch eine Telefonnummer hatte man ihm aus den Akten mitgeteilt. Auf unseren sofortigen Anruf hin meldete sich jedoch niemand; anscheinend war die Frau noch bei der Arbeit.

Würde sich der Kreis schließen? Hieß der junge Mann in der Heilbronner Mönchsee-straße wirklich Uwe Kretzsche? Bald würden wir es wissen.

25

Die Witwe Ohnsorg stand schon eine ganze Weile auf ihrem Beobachtungsposten hinter der Wohnzimmergardine, als es klingelte und sich eine junge Frau mit eindeutig südländischem Blut in den Adern als Kriminalmeisterin Ökücü vorstellte.

„Was, eine Ausländerin bei unserer Polizei? Und noch so jung dazu. Das hätte es früher bei uns auch nicht gegeben! Dürfen Sie überhaupt schon alles machen, Fräulein? Aber, da Sie nun schon mal da sind, können wir auch eine Tasse miteinander trinken."

„Keine Sorge, Frau Ohnsorg" kalauerte Sibel Ökücü und nahm auf dem betagten Plüschsofa Platz, nachdem sie die Katze des Hauses weggescheucht hatte. „Ich bin in Deutschland geboren und habe einen deutschen Pass. Zudem ist es manchmal recht hilfreich, dass ich die türkische Sprache beherrsche, wenn wir uns nämlich mit türkischen Landsleuten unterhalten müssen.

Aber zurück zu unserem Fall. Ist Ihnen in der Zwischenzeit noch etwas Wichtiges eingefallen?"

„Leider nicht, Fräulein. Oder vielleicht doch? Ich habe nämlich gesehen, wie der junge Mann – als er bei seinem Auto die Totalreinigung machte –, eine Schachtel Pralinen vom Rücksitz holte und in den Mülleimer warf. Ich habe mich deshalb gewundert, weil normalerweise Männer ja nicht so sehr auf das süße Zeug stehen."

„Ich bewundere Ihre Beobachtungsgabe, Frau Ohnsorg," lobte Sibel. „Sie könnten ja direkt bei uns anfangen. Ich nehme an, dass die Mülltonnen aber inzwischen geleert wurden?"

„Ja, heute Vormittag waren die Fahrzeuge für den Restmüll und den Biomüll da. Es muss ja alles getrennt entsorgt werden."

„Schade. Wäre auch zu schön gewesen. Trotzdem vielen Dank, Frau Ohnsorg, Sie haben uns sehr geholfen. Wir freuen uns immer, wenn uns wachsame Bürger bei unserer Arbeit unterstützen." Siebel verabschiedete sich herzlich von der Witwe und ließ eine glückselige Sherlock Holmes-Amateurin zurück.

Beim Verlassen des Hauses bemerkte sie, wie gerade vor dem gegenüberliegenden Gebäude die Kollegen vom Landeskriminalamt aus ihrem zivilen Dienstfahrzeug stiegen. „Darf ich mich euch anschließen?" rief Sibel. „Ich bin nämlich schon fertig mit meiner Zeugenbefragung."

Leider konnte die Familie Weber den drei Beamten nur bestätigen, dass ihr Mieter Uwe Kretzsche heiße, vor ein paar Monaten aus dem sächsischen Zwickau bei ihnen eingezogen sei und in einer Apotheke arbeite. In welcher, wüssten sie allerdings nicht. Er habe ihnen aber auch schon mal Kopfschmerztabletten und

Kamillentee mitgebracht. Ja, der Mann auf dem Foto, das ihnen Sibel zeigte, sei ihr Mieter. Herr Kretzsche sei ein sehr ruhiger und gefälliger Mensch. Damenbesuch oder Besuch von Freunden habe er bisher nie gehabt.

Wie er gestern freudestrahlend verkündet habe, wolle er endlich zwei Wochen Urlaub machen. Im Moment sei er wohl wieder bei der Arbeit, weil sein Opel Vectra – ein schon älteres Modell – nicht an seinem gewohnten Platz parke.

„Wissen Sie zufällig das polizeiliche Kennzeichen seines Fahrzeuges?", fragte KHK Weigelt.

„Ja, natürlich, es steht ja jeden Tag vor dem Haus", antwortete Herr Weber. „HN-UK 113."

„Prima, jetzt haben Sie uns doch noch ein gutes Stück weitergebracht, strahlte ihn Sibel mit ihren dunklen Augen an. „Bitte rufen Sie uns sofort unter dieser Nummer an, wenn Herr Kretzsche wieder auftaucht. Es ist wirklich sehr wichtig."

Alfons Weber nahm dienstbeflissen stramme Haltung an, wie er es wohl damals bei der Bundeswehr monatelang fleißig geübt hatte. Wenn jetzt noch jemand „Die Augen lllllinks!" befohlen hätte….

„Aber sagen Sie mal, warum fragen Sie überhaupt so komisch nach unserem Mieter? Hat der junge Mann etwa etwas ausgefressen?

Das könnten wir uns nämlich überhaupt nicht vorstellen", mischte sich jetzt auch Frau Weber ein.

„Das wissen wir noch nicht. Wir stecken noch mitten in den Ermittlungen. Sobald wir Näheres wissen, gehören Sie aber bestimmt zu den Ersten, die wir informieren werden. Nochmals vielen Dank."

Die beiden LKA-Beamten und Sibel Ökücü verabschiedeten sich. Kaum saßen sie im Auto, riefen sie sofort bei uns in der Befehlszentrale an.

„Bingo, Chef!", sprudelte Sibel heraus, als sich Sepp Holdermüller am Telefon meldete. „Wir wissen, wo dieser Uwe Kretzsche wohnt und dass er in einer Apotheke arbeitet."

„Kommt auf schnellstem Wege hierher, damit wir das weitere Vorgehen besprechen können", freute sich ihr Vorgesetzter. „Und: Gut gemacht, Leute!"

Bei einer Tasse Kaffee setzten wir uns wie üblich bei Familie Friedauer zusammen. Zum ersten Mal herrschte eine gelöste Stimmung und fiebrige Aktivität machte sich breit. Die Jagd konnte beginnen. Und jeder hoffte, dass die aufgenommene Witterung auf schnellstem Wege zum richtigen Wild führen möge. Denn der Täter, wer und wo er auch sein mochte, konnte jederzeit wieder zuschlagen.

26

„Auf geht´s Leute. Ran an die heiß geliebte Polizei-Routine!" übernahm ich wieder die Führungsrolle.

„Zuerst darf Kollege Wegner die *Gelben Seiten* wälzen und sämtliche Apotheken im Stadt- und Landkreis anfunken, ob es bei ihnen einen Mitarbeiter namens Kretzsche gibt. Ich würde mit den Heilbronner Adressen anfangen.

Sobald wir seine Arbeitsstelle wissen, fahren Jakobs und Sibel hin und quetschen das Personal aus. Vielleicht kennt ihn ja eine der Damen etwas näher und er hat ihr verraten, wo er Urlaub machen will.

In der Zwischenzeit rufst du, Blaumann, vorrangig alle Reisebüros im Stadtgebiet an und fragst, ob in den letzten Tagen ein Uwe Kretzsche eine Buchung getätigt hat. Und vor allem auch: Wohin?

Ich werde mich gleich mit *Schimansky* auf die Socken machen und bei der Witwe Ohnsorg auf die Lauer legen. Irgendwann muss unser Mann ja wieder erscheinen und sei es nur zum Duschen. Für die Frau Ohnsorg wird es wohl ein Höhepunkt in ihrem tristen Witwendasein darstellen, wenn Sie ein bisschen der Miss Marple nacheifern darf.

Du, Sepp, hältst wohl am besten gemeinsam mit den beiden Kollegen vom LKA hier die

Stellung, um eventuell eingehende Informationen koordinieren und neue Anweisungen ausgeben zu können. Am besten ist es, wenn du uns jeweils über Rundruf den aktuellsten Stand mitteilst.

Wünsch uns Glück, dass wir diesen Burschen schnappen. Auch wenn wir ja noch gar nicht sicher sein können, ob er tatsächlich *unser Mann* ist. Denn was haben wir bisher gegen ihn in der Hand: Er ist einschlägig vorbestraft, er hat fachmedizinische Kenntnisse, er sächselt und er wurde laut Zeugenaussagen zusammen mit Martina S. in der Heilbronner Disco gesehen. Das reicht aber noch lange nicht, ihn auf den *Elektrischen Stuhl deutscher Version* zu schicken. Solange wir keine DNA-Spuren, Fingerabdrücke, die „Tatwaffe" in Form weiterer behandelter Pralinen oder gar ein Geständnis haben, können wir ihm gar nichts. Wir können – lediglich, falls wir ihn schnappen – eingehend verhören, Alibis überprüfen, aber ihn noch nicht einmal wegen hinreichendem Tatverdacht festhalten. Das heißt: Wir brauchen den ultimativen Beweis.

Nachdem er aber wahrscheinlich auch den Zeitungsbericht gelesen oder zumindest an der Arbeitsstelle oder sonstwo darauf angesprochen wurde, befürchte ich sogar, dass er nun gewarnt ist und noch vorsichtiger agieren wird. Unser *Gegner* ist, wenn er merkt, dass er gejagt wird, bestimmt ein eiskalter Hund.

Jeder wandte sich voll motiviert seiner

Aufgabe zu. Als Erster wurde Klaus Wegner fündig. Er hatte die Apotheke ermittelt, wo der Gesuchte angestellt sei. Allerdings war er dort heute nicht zur Arbeit erschienen; er hatte sich einen Tag frei genommen und danach würde er in Urlaub fahren. Der Kollege war bereits auf dem Wege zu der Pillen- und Tropfenberatungsstelle, um Weiteres zu erfahren.

Die Chefin hatte als Erste den Artikel über die schreckliche Tat gelesen. Danach wanderte das Exemplar der *Heilbronner Stimme* von Hand zu Hand. Vor allem der Hinweis, dass es sich beim Täter voraussichtlich um einen Mann um die Dreißig mit Kenntnissen in punkto Giftstoffen handele, machte sie allesamt betroffen. Sofort durchforstete jede der Damen in Gedanken ihren näheren Bekanntenkreis.

Als dann gar noch der flotte Kriminalbeamte Wegner, der so gar keine Ähnlichkeit mit Kommissar Borowsky hatte, bei ihnen erschien und sich nach ihrem Mitarbeiter Kretzsche erkundigte, wähnten sie sich mitten im schaurigsten Thriller.

Die Jüngste im Team, die brünette Carmen, gestand unter heftigem Erröten, dass sie bereits mehrere Male mit Uwe abends ausgegangen sei. Es wäre jedes Mal sehr nett gewesen und sie seien inzwischen sogar befreundet. Sie hätten auch den gestrigen Abend zusammen verbracht. Dass sie bereits miteinander geschlafen hatten, verschwieg sie natürlich voller Scham. Außerdem war sie der Meinung, dass solche Intimitäten andere Leute auch nichts angingen. Bestimmt wäre sie sonst dauernd von den Kolleginnen aufgezogen worden und deren Phantasien hätten wilde Triebe gezeugt. Ausgerechnet sie, dieses schüchterne Blümchen vom Wegesrand, wurde von einem Kollegen entblättert und bestäubt. Wahrscheinlich nahm Carmen noch nicht einmal die Pille, obwohl sie ja an der Quelle allen Verhütens saß.

Uwe hatte erzählt, dass er eine Last-Minute-Reise ergattert hatte und er bedauerte, dass er sie nicht mitnehmen konnte. Aber sie hatte ja gerade erst ihren Jahresurlaub wie üblich brav zu Hause verbracht.

Eine halbe Stunde später meldete sich Kommissar Blaumann aus dem Heilbronner Reisebüro. Auch er war relativ rasch auf die richtige Anlaufstelle gestoßen. Eine der Angestellten konnte sich noch gut an den sächselnden Mann mittleren Alters erinnern, dem sie eine All inclusive Single-Reise ins tunesische Hammamet empfohlen und der auch sofort gebucht hatte. Nach den Reiseunterlagen war der Flieger bereits heute Morgen um 06.50 Uhr in Stuttgart gestartet.

„Verdammt noch mal, der Vogel ist uns im wahrsten Sinne des Wortes entflogen", fluchte ich laut vor mich hin, nachdem mich

Spezi Holdermüller angefunkt hatte. „Es nützt uns jetzt auch überhaupt nichts, wenn wir die Flughafenpolizei in Tunis alarmieren; wir können ihn ja schließlich nicht auf Verdacht festnehmen lassen. Nein, wir brauchen Beweise. Hieb- und stichfeste Beweise! Und solange lassen wir ihn im Glauben, dass wir ihm noch nicht im Nacken sitzen."

„Als nächstes besorge ich einen Durchsuchungsbeschluss für seine Wohnung", schlug Sepp vor. Sicher finden wir dort auch einen Zweitschlüssel für sein Auto. Er hat es bestimmt am Airport Stuttgart in einem der Parkhäuser abgestellt. Das Kennzeichen haben wir ja. Da Schimansky jetzt nicht mehr mit dir Wache bei der Witwe Ohnsorg schieben muss, kann er zusammen mit unserem Rallye-Piloten Wegner nach Leinfelden-Echterdingen düsen und nach Bezahlen der Parkgebühren den Audi gegen Kretzsches Opel tauschen.

„Das wird den Klaus aber freuen", grinste ich schadenfroh. „Und hier werde ich einstweilen schon mal die Kriminaltechniker Gewehr bei Fuß antreten lassen, damit sie gleich nach Ankunft den Oldtimer nach allen Regeln der Kunst auseinander nehmen."

27

Uwe Kretzsche war rechtzeitig von zu Hause losgefahren, da er sich auf Flughäfen – und dem Airport Stuttgart im Besonderen - überhaupt nicht auskannte. Und so hatte er, als er gegen 4 Uhr in das Parkhaus P 10 einfuhr, freie Auswahl an Parkplätzen.

Am Check-in-Schalter von Tunis Air herrschte dagegen schon reger Betrieb. Bevorzugt Frauen jugendlichen Alters reihten sich gut aufgelegt und entsprechend lautstark in die beachtliche Warteschlange ein.

Dem Heilbronner wurde ein Gang-Sitzplatz in der siebten Reihe des Airbus 320 zugeteilt. Da er viel Zeit hatte, kaufte er sich am Zeitschriftenkiosk die aktuelle Ausgabe der Heilbronner Stimme. Im Warteraum zum Gate blätterte er sich zum Regionalteil durch. Auf Anhieb fiel ihm der topaktuelle Bericht über die tot aufgefundene Martina S. ins Auge. Zur Todesursache wurde – auf Bitte der Staatsanwaltschaft - nach wie vor keine konkrete Aussage gemacht. Auch im Hinblick auf einen möglichen Tatverdächtigen schwieg die Polizei. Man würde allerdings in eine bestimmte Richtung bereits mit Hochdruck ermitteln. Der *Sonderkommission Weinstube* lägen auch erste Erkenntnisse vor.

Auf Grund des veröffentlichen Fotos des

Opfers hatten sich inzwischen einige Zeugen bei der Zeitung oder direkt bei der Polizei gemeldet, die behaupteten, sich an die junge Frau zu erinnern. Es handelte sich vor allem um Besucher der Heilbronner Disco. Sie sagten übereinstimmend aus, sie in Begleitung eines Mannes gesehen zu haben. Das Paar hätte kräftig geturtelt und einen verliebten Eindruck gemacht.

Beruhigt lehnte sich Uwe Kretzsche zurück. Sie würden sich die Zähne an ihm ausbeißen. Schließlich hatte er an alles gedacht und sämtliche Spuren, soweit überhaupt vorhanden, gründlichst beseitigt. Mit geradezu stoischer Ruhe beschloss er, noch ein kleines Nickerchen zu machen.

Endlich wurde sein Flug aufgerufen und er wartete, bis sich der Pulk der Drängler am Ausgang etwas aufgelöst hatte.

Kaum hatte er auf dem ihm laut Boarding-Card im Flieger zugewiesenen Sitz Platz genommen, schoben sich zwei total aufgekratzte Ladys an ihm vorbei in die Sitzreihe. Gut aussehend, schlank, etwa Mitte zwanzig, die eine dunkelhaarig, die andere blond.

„Carolin, schau mal, wir haben männliche Verstärkung an Bord", sagte die Blondine zu ihrer Begleiterin. „Genial, Eva, dieser Urlaub fängt ja richtig cool an. Würde es Ihnen etwas ausmachen, junger Mann, wenn wir Sie in unsere

Mitte nehmen? Sie werden plötzlich so bleich, ist es etwa Ihr erster Ausritt über den Wolken?"

„Nö", sächselte Uwe, „es macht mir nichts aus. Im Gegenteil! Und ja, es ist mein allererster Flug."

„Oh, een Landsmann aus unseren östlichen Bundesländern", versuchte ihn Carolin zu parodieren. „Wenn du es da oben mit der Angst zu tun bekommst oder kotzen musst, werden wir dich bestens betreuen. Wir beide sind nämlich Krankenschwestern. Und auch sonst bist du bei uns in allerbesten Händen, nicht wahr, Eva?"

Da musste auch Uwe in das fröhliche Lachen der beiden hübschen Reisegefährtinnen einstimmen. Uff! Das konnte ja wirklich heiter werden. Die Mädels boten sich ja jetzt schon regelrecht an. Na gut, er hatte vorgesorgt und sich reichlich mit Kondomen eingedeckt. Und für den Super-GAU befand sich auch eine Schachtel „Mon Chérie" im Koffer.

„Wie haben dich denn deine Eltern getauft, Ossi?" fragte Carolin. „Unsere Vornamen hast du ja schon mitgekriegt. So, Uwe, heißt du? Kurz und knackig, was? Na ja, das lässt sich ja noch feststellen, wenn wir uns näher kennen gelernt haben. Und ich hatte schon befürchtet, Waldemar oder Hans-Engelbert.

Schwimmst du auch auf der Single-Welle? Dann wohnen wir bestimmt sogar im gleichen

Hotel. Wir steigen jedenfalls im *Mustafa Khayam* ab."

„Ja, dann werde ich euch wohl nicht so schnell wieder los", flachste Uwe.

„Echt Pech gehabt, Sachse! Ich sehe uns schon wilde Partys unter dem Slogan „*Ossi belästigt Wessi-Schwestern*" feiern." Wieder wieherten sie alle drei im Chor los und der Flug verging wahrlich wie im Flug. Die beiden Krankenschwestern bedauerten eigentlich nur, dass ihnen Uwe unterwegs keinen Anlass gab, ihre medizinischen Hilfen in Anspruch zu nehmen.

Im Transferbus zum Hotel ging die Flachserei weiter und es zeigte sich, dass noch weitere einzeln reisende Damen beim *Mustafa Khayam* ausstiegen.

Unter den Neuankömmlingen war Kretzsche offensichtlich Hahn im Korb. „Oh, du Armer", bedauerte ihn Eva. „Ich sehe harte Zeiten auf dich zukommen". Ihre Freundin Carolin grinste ihr verschworen zu.

„Wir werden jetzt zuerst mal unsere Klamotten in den Schrank werfen und uns in Schale. Falls du zufällig an der Rezeption ein Lexikon findest, könntest du dich inzwischen ja schon mal in gepflegtem Deutsch üben."

„Nu, euer Schwäbisch ist ooch nicht gerade Hochdeutsch", konterte Uwe.

„Soll ich mich einstweilen darum bemühen,

dass wir im Restaurant am gleichen Tisch sitzen?"

„Das wäre ein genialer Schachzug, östlicher Bruder", antwortete Eva. „Wir dürfen uns ja schließlich nie aus den Augen verlieren. Also dann Tschüss bis nachher!" Sie warf ihm noch einen Handkuss hinterher und Carolin zupfte nervös an ihrem sich unter dem Miniröckchen deutlich abzeichnenden String Tanga herum.

28

Sepp Holdermüller hielt einen Wisch in den Händen und winkte mir damit schon von weitem zu. „Auf zur Wohnungsbesichtigung! Die behandschuhten Kollegen in weißer Kapuzenarbeitskleidung von der Handwerkerabteilung werden auch gleich eintrudeln!"

Herr Weber schloss uns hilfsbereit die Tür zu Uwe Kretzsches Behausung auf. Dann mussten wir ihn leider wegschicken, wo er doch gerne eine tragende Rolle in einem Live-Krimi gespielt hätte. Wir versprachen ihm aber hoch und heilig, von ihm und seiner Frau ein Erinnerungsfoto inmitten unserer versammelten Fahndungsmannschaft zu schießen.

„Wo würdest du den Zweitschlüssel für dein Auto verstecken?", fragte ich Sepp. „Wäre ich eine Frau, würde ich ihn wohl in der Zuckerdose im Küchenschrank vergraben. Als Mann jedoch im verruchten und geheimnisumwitterten Schlafzimmer. Am besten in einem kleinen Tresor im Schrank hinter den Anzügen."

Er hatte mal wieder den richtigen Riecher gehabt. An der Rückwand des Schlafzimmerschrankes war einer der üblichen Kleinbehälter für Wertsachen und private Akten verschraubt. Den Schlüssel dazu fanden wir — ach, wie phantasievoll — gleich in der obersten Schreibtischschublade. Ein bisschen mehr

Kreativität hätten wir unserem Pseudotäter doch schon zugetraut.

Der Auto-Zweitschlüssel war samt Kfz-Brief und Kaufunterlagen in einer Sichthülle im Ordner „Original-Unterlagen" aufbewahrt.

„Klaus, wir haben ihn", rief er den Kollegen Wegner herbei. Du kannst also gleich mit Schimansky zum Flughafen düsen und den Opel Vectra HN-UK 113 hierher überführen. Denke aber bitte daran, Handschuhe anzuziehen. Unsere Kriminaltechniker möchten ja außer deinen Fingerabdrücken möglichst auch noch ein paar andere verräterische Spuren finden."

„Okay, Boss! Und sollten sie auch hinsichtlich Spermaresten fündig werden, sind die garantiert ebenfalls nicht von mir."

Und nun stellten wir zusammen mit den erfahrenen Kollegen Kretzsches Wohnung buchstäblich auf den Kopf. Für einen Junggesellen war auf den ersten Blick alles geradezu penibel aufgeräumt. Die Herdplatten und Edelstahlspüle auf Hochglanz, Geschirr gespült und weggeräumt, Müll entsorgt. Im Badezimmer Waschbecken, Toilette und Duschkabine sauber hinterlassen. Schmutzwäsche war genauso wenig aufzufinden wie verdreckte Schuhe. Vermutlich hatte er noch vorher große Wäsche gemacht und was er nicht in den Koffer gepackt hatte, ordentlich in die Schränke geräumt. Alles im Sinne von *Muttis Liebling*.

Kein blinkender Anrufbeantworter, sämtliche Elektrostecker aus den Dosen gezogen, sogar der Kalender war auf dem Laufenden und zeigte uns den Tag seiner Abreise an.

Die Sofakissen hatten den obligatorischen Knick in der Mitte, wie ihn sonst nur noch Damen jenseits der Siebzigerzone praktizieren und das gemachte Bett verriet verlässliche Praxis beim Bund.

So viel Ordnung in der Wohnung eines 32-jährigen Junggesellen macht automatisch misstrauisch und motivierte uns zu besonders genauem Hinsehen. Wir wollten so viel wie möglich finden. Aber was suchten wir eigentlich? Gegenstände aller Art, die uns auf die Spur eines mutmaßlichen Frauenmörders führen sollten.

„Verdammt noch mal, Steff. Das sieht fast so aus, als ob er mit unserem Besuch gerechnet hätte. Aber irgendetwas werden wir finden bei diesem Saubermann, das schwöre ich dir."

Sepp hatte sich richtig in Rage geredet und drehte nun zusammen mit den Kollegen erst recht jedes Blatt Papier um. Einen PC besaß unser Verdächtiger nicht; dafür aber einen Großbildfernseher und einen DVD-Rekorder. Wenn Kretzsche der war, für den wir ihn hielten, dann gehörte seine Vorliebe bestimmt einer ganz besonderen Sorte von Filmchen. Und siehe da, auf dem Bücherregal hinter Duden und noch weiteren dicken Bildungswälzern war eine ganze

Reihe von Hardcore-Produkten versteckt. Gut, dass Sibel Ökücü nicht dabei war. Sie hätte vermutlich schon bei den aussagefähigen Coverbildchen feuchte Augen bekommen. Aber ich konnte die Filme ja konfiszieren und vielleicht einen davon – natürlich aus rein dienstlichen Gründen – heute Abend in ihrer Wohnung eingehend überprüfen.

Die Spusi-Kollegen (Spusi = Spurensicherung) riefen uns ins Bad. Was jeder besitzen sollte, besaß Uwe Kretzsche erst recht: Einen Apothekerschrank. Mit dem üblichen Inhalt wie Schmerztabletten, Erkältungszäpfchen, Aspirin, Gurgellösung, ein Päckchen Spezial-Kondome mit Riffelung und Widerhaken sowie Heftpflaster und Mullbinden.

Aber da lag noch etwas anderes, was bei normal Sterblichen nicht unbedingt zur Standard-Ausrüstung zählt. Hinter einem Leitfaden für Erste Hilfe eine original verpackte Spritze mit Glaskolben!

Ich spürte, wie mir der Schweiß in den Hemdenkragen rann. Sepp schaute mich nur bedeutungsvoll an. Natürlich dachten wir beide dasselbe. Horrido, die Einschläge kommen näher, lieber Herr Kretzsche aus Zwickau!

Doch die Krönung sollte noch kommen. Im Kühlschrank fanden wir hinter gestapelten Wurstdosen und Joghurtbechern zwei Packungen Pralinen der Sorte „Mon Chérie".

Ich hätte schreien können vor Freude. Wir hatten endlich Ergebnisse, die uns weiterbrachten. Denn unser reizender Pharmaspezialist konnte ja nicht wissen, dass uns die Obduktion gerade auf diese Spuren gelupft hatte. Nur ein Fläschchen mit der tödlichen Substanz fanden wir nicht, so sehr wir auch alles umkrempelten. Wir informierten sofort unsere Kollegen im Befehlsstand und konnten regelrecht spüren, wie sie uns durch den Draht auf die Schultern klopften.

Dort erfuhren wir dann auch, dass laut LKA München vor ein paar Monaten in einer Vollmondnacht eine blonde Prostituierte ermordet wurde. Allerdings nicht vergiftet, sondern ganz ordinär erdrosselt. Ich hätte Wetten darauf angenommen, dass dies nicht *unser* Mädchenschänder war. Denn unser Freund hatte sozusagen seine eigene Handschrift kreiert. Und warum sollte er davon abweichen? Einmal erfolgreich — immer erfolgreich!

29

Uwe hatte es sich nach dem reichhaltigen Mittagsbüffet gleich am Strand gemütlich gemacht. Die beiden Mädels aus Ludwigsburg wollten sich dagegen noch ein wenig vom Reisestress erholen. Verständlich, denn Sie hatten am Vortag noch volles Programm in der Klinik und mussten ja auch mitten in der Nacht aufstehen, um rechtzeitig zum Flughafen zu kommen.

Ihm war es recht. So konnte er noch ein wenig ungestört seinen Gedanken nachhängen. Dass er so schnell Anschluss finden würde, hatte er in seinen kühnsten Träumen nicht erwartet. Die beiden buhlten ja geradezu um seine Gunst. In seiner alten Heimat war man immer davon ausgegangen, dass die Wessi-Mädchen zurückhaltender seien. Was soll´s, ihm konnte es nur recht sein und er würde sich gegen die Balzversuche nicht allzu sehr sträuben.

Er war wohl ein bisschen eingeschlafen, denn er schrak plötzlich auf, als ihm kaltes Wasser auf Gesicht und Oberkörper klatschte. Carolin und Eva standen vor ihm in Bikinis, für die der Stoff einer Krawatte ausgereicht hätte und strahlten ihn an: „Aufwachen, du Faulpelz! Das Meer von Hammamet lädt zum Bade."

Dann sprangen sie auch schon unter heftigem Wassertreten in die von der nordafrikanischen

Sonne aufgewärmten Fluten. Als Uwe dazukam, wurde das Platschen und Spritzen fortgesetzt und die drei konnten von den neckischen Spielchen gar nicht genug bekommen.

Ein wenig später trampelten ein paar Kamele inklusive erlebnishungrigen Touristen im Sattel und Treibern vorbei. „Eva, das müssen wir auch machen. Ich glaube, wir melden uns nachher gleich für morgen an. Du kommst doch auch mit, Uwe?"

„Wenn ich mir dabei keine Hämorrhoiden hole. Sonst schmiere ich eben Factu akut ran."

„Hui, der Herr kennt sich aus. Was machst du eigentlich beruflich?" fragte Eva neugierig.

„Ich arbeite in einer Apotheke".

„Oh, dann sind wir ja quasi medizinisch gebildete Kollegen. Was für ein Zufall. Wir Mädels machen jetzt eine kleine Strandwanderung. Wir sehen uns ja beim Abendessen."

Das Trio war sich einig, dass man den ersten Urlaubsabend zünftig ausklingen lassen sollte. In der Hotelbar war Showtime und Tanz angesagt. Zuerst brachte dann auch eine glutäugige Bauchtänzerin mit großzügig freigelegtem Nabel die anwesenden Herren in Stimmung. Aber anscheinend nicht nur die, denn auch Carolin und Eva beobachteten fasziniert das ruckende und zuckende Becken aus Tausend und einer Nacht. „Das sind ja die reinsten Beischlafbewegungen", flüsterte Carolin schon reichlich erregt und rutschte unruhig auf ihrem Sessel hin und her. Als dann die Vier-Mann-Band zum Tanz einlud, rief sie „Damenwahl!" und zog Uwe kurzerhand auf die abgedunkelte Tanzfläche.

Wenn seine Körpertemperatur schon vorher aufgrund des tunesischen Klimas ziemlich erhöht war, so steigerte sie sich jetzt geradezu in den Fieberbereich. Die flotte Krankenschwester bemühte sich fleißig, die Bauchtänzerin zu imitieren und als sie bemerkte, dass ihre Unterleibsschlenker nicht ohne Folgen blieben, klärte sie ihn auf: „Du, wir wollen hier nicht nur relaxen und baden, wir wollen auch etwas erleben. Eva und ich hegen keine Neidgefühle und wir teilen uns auch gerne potente Mannsbilder."

In den nächsten Stunden floss der Alkohol reichlich und die ausgelassene Tanzerei sowie die schwülen Temperaturen taten ihr Übriges. Es kam wie es kommen musste: Die beiden Hübschen schleppten, selbst nicht mehr ganz nüchtern, den vollkommen geschafften Uwe auf ihr Zimmer. Sie rissen sich die verschwitzten Kleider vom Leib und zogen auch ihn aus. Dann warfen sie ihn aufs Bett.

„Wir machen das jetzt genauso wie im Flieger", lallte Eva. „Du darfst in der Mitte liegen und wir leisten dir Erste Hilfe."

Aber selbst die hartnäckigsten Bemühungen der beiden Mädels brachten keine brauchbaren

Ergebnisse. „Oh, verflixt, daran hatten wir nicht gedacht. Allohol ist doch bekanntermaßen der Tod jeder Erektion", musste Carolin mit ebenfalls lädierter Aussprache zugeben. „Na ja, warten wir eben, bis sich der Alkoholpegel wieder normalisiert hat und schlafen bis dahin ein bisschen."

Carolin erwachte als erste und kümmerte sich sofort rührend um Uwes Potenz. Ehe er es sich versah, saß sie bereits rücklings auf ihm. „Das ist schon mal eine Trainingseinheit fürs Kamelreiten", lachte sie und war dann doch etwas enttäuscht über seinen sofortigen Orgasmus.

„Oh, einer von der schnellen Truppe! Vielleicht dauert es ja bei dir etwas länger", sagte sie und wandte sich an Eva. „Jetzt bist nämlich du an der Reihe. Du weißt doch, jeder normale Mann hat *zwei* Magazine voll Munition für seine Pistole."

„Ist doch nicht schlimm, wenn du mal keinen hochkriegst. Und auch wenn du nicht *Alexander der Große* bist. Weißt du, Uwe, als Krankenschwester bekommst du täglich die unterschiedlichsten Schnippelchen zu sehen. Twens und Rentner, Mittelalter und Gruftys. Und glaube uns, auch bei Bodybuildern mit Bizeps wie mein Oberschenkel wächst nicht alles im gleichen Verhältnis mit. Du wirst sehen, unser tägliches Fitness-Training mit deinem

Freund wird ihn sprießen und gedeihen lassen.

„Und wir dürfen einfach vorher nicht mehr so viel saufen", ergänzte Eva. „Außerdem sollst du ja auch nicht gleich in den ersten Nächten dein ganzes Pulver verschießen."

30

Ich sah es Sepp Holdermüller schon an der Nasenspitze an, dass er schlechte Nachrichten hatte.

„Meine Anfrage bei der DNA-Datenbank in Leipzig ging voll in die Hose. Üblichweise wird von jedem erfassten Straftäter (insbesondere von Sexualtätern) eine DNA-Probe gespeichert, um bei ähnlichen Delikten sofort darauf zurückgreifen zu können. Aber ausgerechnet bei Uwe Kretzsche ist ein Malheur passiert. Menschliches Versagen. Die Proben wurden namentlich verwechselt und können natürlich nicht mehr rekonstruiert werden. Verdammter Mist!" fluchte er aus vollem Herzen.

„Und die Wohnungsdurchsuchung hat ja auch keine konkreten Spuren ergeben. Noch nicht mal ein einziges Haar in der Bürste haben die Spusi-Kollegen aufgefunden. Alles war geradezu chemisch rein. Ich könnte mir meine kärglichen Resthaare raufen.

Steff, mir fällt nichts anderes ein, als dass du einen Kurzurlaub nach Tunesien buchst und im gleichen Hotel wie der Kretzsche absteigst. Er hat ja zwei Wochen gebucht und wir können hier nicht solange Däumchen drehen. Im Auto wurden auch keine verwertbaren Spuren gefunden. Dieser Typ muss das Fahrzeug wirklich *besenrein* zurechtgefummelt haben.

Keine fremden Fingerabdrücke, kein verlorener Ohrstecker, keine Kopf- oder Schamhaare. Niente!

Ich schlage vor, dass du unsere eh urlaubssüchtige Kollegin Sibel mitnimmst, denn als Touristenpaar fallt ihr in Hammamet am wenigsten auf. Ihr könnt euch ja auch als Vater und Tochter oder Chef mit Sekretärin ausgeben. Ihr habt den großen Vorteil, dass ihr den Verdächtigen kennt, aber für ihn ein stinknormales Touri-Gespann seid. Wenn ihr Beiden also einverstanden seid, werde ich gleich beim Reisebüro noch einen Flug und ein Doppelzimmer im Hotel Mustafa Khayam ordern."

Sibel hatte im Hintergrund mitgehört. „Au fein, Pappi", krähte sie mit Kleinkinderstimme. „Dann spielen wir jeden Abend *Hoppe Hoppe Reiter* und du beschützt mich vor Ali Baba und seinen vierzig Zuhältern."

Mein - bisher – lieber Spezi krümmte sich vor Lachen und Sibel bedachte mich mit einem unschuldigen Augenaufschlag. Diesmal wurde *ich* rot und überlegte krampfhaft, wen von beiden ich wohl zuerst erwürgen sollte.

„Beobachtet diesen Kretzsche", fuhr Sepp fort, als er sich endlich wieder beruhigt hatte. „Hat er Kontakt zu bevorzugt blonden Damen jüngeren Semesters? Belästigt er sie? Und vor allem: Bringt „Material" mit. Egal was. Am besten etwas mit Speichelspuren, damit wir endlich Vergleichsdaten bekommen.

Ich werde euch bei den Kollegen in Tunis und Hammamet schon mal ankündigen. Und nun geh schon los, Steff, und kauf dir Badehose und Sonnencreme. Dies ist ein dienstlich angeordneter Einsatz, der keinen Widerspruch und Aufschub duldet. Außerdem musst du ja deine noch unberührte Tochter vor allen Anfechtungen des Orients behüten."

Und diesmal wurde dieses Weib nicht mal verlegen. Sepp Holdermüller aber grinste von einem Ohr zum anderen – und das war eine ganz schön große Strecke.

31

Am Flughafen von Tunis erwartete uns bereits eine bunt gewürfelte Delegation. Bis an die Zähne bewaffnete Polizisten in Gardeuniform und mehrere finster und wichtig dreinblickende Zivilisten standen stramm und geleiteten uns zu einem Daimler, Baujahr 1972.

Mit Blaulicht und Wüstengeheul drängten sie sämtliche Eselkarren und Pendler von der staubigen Straße; vermutlich in Rekordzeit schafften sie uns Ungläubige und in (Angst-) Schweiß Gebadete zum Hotel Mustafa Khayam. Wir luden die Formel 1-Fahrer zu einem kühlen Trunk ein und schworen bei allem, was ihnen heilig ist, dass wir bei Bedarf auf sie zurückkämen.

Auf unserem Doppelzimmer warfen wir uns in dem Klima angemessene Shorts und genossen auf der Resort-Terrasse die Aussicht auf eine beachtliche Parkanlage und das vor sich hindümpelnde Meer. Sibel und ich hatten uns die Visage von unserem *Zielobjekt* anhand der uns vorliegenden Fotos eingeprägt. Spätestens im Restaurant würde er uns vor die Linse laufen.

Und so war es auch. Ohne dass wir ihn sahen, hörten wir Uwe Kretzsche schon von weitem. Bürger des Freistaates Sachsen verkehren zwar inzwischen weltweit, aber hier schien er doch zu den Exoten zu zählen. Flankiert von zwei recht knusprigen jungen Damen begab er sich zu seinem Tisch. Das Trio schien sich köstlich zu unterhalten und gut zu verstehen. Und aus mancher zärtlichen Geste ließ sich schließen, dass sie nicht nur die Tage miteinander verbrachten.

Als wir nach dem Essen noch zu einem kleinen Strand-Erkundungslauf starteten, begoss das Dreigespann kräftig den stimmungsvollen Sonnenuntergang. Da wir ganz in ihrer Nähe vorbeigingen, bekamen wir mit, wie die dunkelhaarige und die blonde Maid unter viel Gelächter ausloston, wer denn nachher beginnen dürfe.

„Sibel, weißt du jetzt, was ein flotter Dreier ist?"

„Du wirst doch nicht eifersüchtig sein, Stefan? Was die beiden schaffen, schaffe ich auch noch alleine." Dem war von meiner Seite nichts hinzuzufügen. Als wir dann auf unserem Zimmer landeten, bewies ich ihr eindringlich, dass ich nicht ausschließlich *väterliche* Gefühle für sie empfand.

Beim Frühstück sondierten wir wieder die Lage. Aber auch jetzt keine Spur von Zoff zwischen den Dreien. Im Gegenteil: Pure Harmonie. Man hätte auch nicht sagen können, dass Kretzsche die Blondine bevorzugt hätte. Vielleicht hatten die beiden Schwäbinnen den richtigen Ton gefunden und ihn vor allem auch beim nächtlichen Sex nicht provoziert, sodass der Mann aus Sachsen wirklich seinen Urlaub in vollen Zügen genießen konnte. Außerdem war es noch lange bis zur nächsten Vollmondnacht.

Wenn wir schon im Morgenland waren, wollten wir wenigstens nebenbei auch etwas von Land und Leuten sehen. Und von Tieren. Sibel setzte alle körperlichen Hebel in Bewegung, um mich zu einem Kamelausritt zu überreden. Die Manegenangestellten auf 450 Euro-Basis ließen nichts unversucht, sich selbst zu erheitern und uns allen möglichen Qualen auszusetzen. Der Ritt durch eine superschmale und superspitze Kakteenplantage sollte nur ein Beispiel sein.

Der Höhepunkt des Events näherte sich jedoch in Form eines Scheich-Zeltes, vor dem ein in mehrere Teppiche gehüllter Vertreter dieser Zunft saß. Er empfing uns mit allerlei Nussköstlichkeiten, die er uns in seiner narbigen rechten Hand anbot. Da ich infolge reichlicher Karl May-Lektüre wusste, dass in arabischen Ländern der Kameldung mit eben diesen Händen zu Briketts geformt wird, nahm ich die Gaben des Herrn und Gebieters unter dankbaren Verbeugungen an, um sie im Gebüsch hinter mir zu entsorgen.

Aus dem Zelt trat nun ein ebenso festlich Gewandeter mit einer recht neuzeitlichen Nikon D 100 um den Hals und bedeutete uns, die herumliegenden Kleidungsstücke überzuziehen. Turban, Burnus und angeklebter Bart machten aus mir in kürzester Zeit einen leidlichen Hadschi. Sibel verwandelte sich ebenso rasch in eine begehrenswerte Harems-Insassin. Die Gruppenaufnahme würde einen Ehrenplatz im Büro erhalten.

Für einen Abstecher in die Medina mit ihren lärmenden Souks hatte ich mir zum Glück nicht viel Geld eingesteckt, denn Sibel entdeckte ein unverzichtbares Souvenir nach dem anderen. An einer herrlich kitschigen Nagelfeile in Form eines Furcht erregenden Krummdolches für Kollege Holdermüller kam allerdings auch ich nicht vorbei. Diese kleine Rache gönnte ich mir.

Das Schwimmen im Meer bei untergehender Sonne war einfach herrlich. Anschließend ließen wir uns im noch aufgeheizten Sand trocknen. Siebel kuschelte sich an mich und flüsterte mir ins Ohr: „Ich hab dich lieb, Stefan."

„So, dann wird dich der Pappi jetzt mal kräftig in den Sand wühlen". Nur der Mond sah unsere nackte Haut und wir beschlossen einstimmig unter Seufzen und Stöhnen, hier am selben Ort auch unsere Flitterwochen zu verbringen.

Am nächsten Vormittag suchte ich alleine auf dem Markt einen Vertrauen erweckenden Juwelier auf und erfeilschte zwei exklusive Verlobungsringe.

Auch nach drei Tagen Hammamet erfreuten sich die von Kretzsche betreuten Girls immer noch bester Gesundheit. Wenn es so weiterging, hatte die blonde Variante beste Chancen, diesen Urlaub lebend zu überstehen. Wir hofften es inständig.

Trotzdem mussten wir etwas DNA-Verwertbares mit nach Hause bringen.

Beim Essen kam mir *die* Idee. „Sibel, wenn der Kellner Kretzsches Gedeck abräumt, rempelst du ihn versehentlich an und trägst das heruntergefallene Geschirr inklusive Besteck hilfsbereit in die Küche. Unterwegs steckst du die Gabel möglichst unbemerkt in deine Handtasche und wir haben endlich die Grundlage für unseren Speicheltest.

Der einfache Trick gelang und so konnten wir die beiden Schwäbinnen relativ unbesorgt ihre restlichen Urlaubstage genießen lassen.

Wir ergatterten für den nächsten Tag noch einen Rückflug nach Old Germany. An unserem Mitbringsel konnten sich jetzt die Spezialisten beweisen und die Speichelreste auf der Essgabel mit den Spermaspuren an Martinas Leiche abgleichen.

32

Müller 2 war der Erste, dem die Ringe an unseren Fingern auffielen. „Chef", sagte er zum Dezernatsleiter, „ich möchte bitte auch mal so eine Dienstreise machen".

Die ganze Mannschaft stellte sich zum Gratulieren an. „Und wen flirten wir denn jetzt an?" fragte Klaus Wegner. „Wir brauchen ganz dringend adäquaten Ersatz für unsere Sibel. Vielleicht eine deutschstämmige Maria aus Bahia?"

„Noch bleibe ich euch ja erhalten. Stefan – ich meine Herr Baumann – wird sich beim LKA in Stuttgart eine Stelle suchen, sodass der kriminalistische Sachverstand im Ländle seinen hohen Standard halten kann."

Danach zog sie die steril verpackte Gabel mit den Essensrückständen von Uwe Kretzsche aus der Handtasche. „Bitte sehr, sichergestellte DNA-Spurenträger, unter hohem körperlichem Einsatz geklaut im sonnigen Tunesien!"

„Ja, und außerdem haben wir noch etwas Wertvolles durch den Zoll geschmuggelt", fügte ich hinzu und überreichte unter großem Hallo unser einmalig geschmackvolles Nagelfeilen-Mitbringsel an Sepp Holdermüller.

„Da kann ich mich ja gleich revanchieren", meinte der sichtlich gerührte Freund und Kollege. „Während ihr euch nämlich im warmen

Sand oder sonst wo geaalt habt, untersuchten die Kollegen Jakobs und Weigelt nochmals das Fahrzeug von Kretzsche. Und siehe da, eingeklemmt zwischen Fußmatte und linkem Rücksitz fanden sie ein Handy. Es konnte eindeutig dem Opfer zugeordnet werden.

Das Teeny-Spielzeug war ausgeschaltet, sonst wären wir bei unserem Probeanruf ja schon viel früher darauf gestoßen. Und auf diesem Handy war tatsächlich eine kurze Nachricht von Martina an ihre Freundin Elke, wonach sie einen sehr netten jungen Mann namens Uwe kennen gelernt habe, der sich auch angeboten hätte, sie mit seinem Auto nach Bachenau zurück zu bringen.

Mit diesem Beweisstück haben wir das Fischlein Kretzsche, wie du, Steff, es von Anfang an vermutet hattest, endgültig an der Angel. Wir könnten den fröhlichen Tunesien-Touristen auf Grund aller Indizien, die wir inzwischen sammeln konnten, problemlos etwas früher aus seinem Urlaub zurückholen. Wenn man bedenkt, dass die *Mordsgaudi* dieses Pralinen-Fetischisten früher in den USA locker gereicht hätte, ihm zu drei Probesitzungen auf dem Elektro-Grill zu verhelfen.

Falls er sich weigert, sich von seinen beiden Gespielinnen zu trennen, bleibt uns nur der diplomatische Weg, ihn in seine geliebte Heimat zurück zu lotsen. Aber jeder von uns weiß, wie lange das dauern kann - es sei denn, Guido Westerwelle persönlich würde sich der Sache annehmen.

Die Kollegen vom Labor brauchen jedoch eh noch ein paar Tage zum Abgleich der DNA-Proben und außerdem würde ich von diesem Bösewicht am liebsten ein wasserdichtes Geständnis haben. Gönnen wir ihm also noch seine letzten Tage in Freiheit und uns nachher die Genugtuung, ihn in der Nähe seiner Tat geschnappt zu haben. Für mich wäre es jedenfalls eine Riesenfreude, wenn wir ihn noch in eine richtige Falle locken könnten."

„Das lasst mich mal machen", mischte sich Sibel Ökücü ein, „mir kommt da soeben eine blendende Idee!"

33

Uwe Kretzsche beriet und bediente seit gestern wieder an seinem gewohnten Arbeitsplatz. Allen Kolleginnen fiel auf, wie gut erholt und locker er seinen Job verrichtete. Seine Pseudo-Geliebte Carmen gab nicht nach, bis er sich gleich am ersten Abend mit ihr verabredete. Natürlich endeten seine Erzählungen wieder im Bett. Und sie wunderte sich, wie gut er plötzlich in Form war. Dass er jede Nacht im Zweiertakt kräftig trainiert hatte, verschwieg er geflissentlich.

An diesem zweiten Arbeitstag erschien kurz vor Ladenschluss eine Kundin, die ihm hier noch nie aufgefallen war. Super Figur, super Beine, super blond. Geschmackvoll geschminkt, große Sonnenbrille.

Uwe schubste Carmen zur Seite. „Lass mal, ich mach das. Dann kannst du schon Feierabend machen."

„Womit kann ich Ihnen dienen?" fragte er die geradezu den Atem raubende Kundin.

„Es handelt sich um eine etwas delikate Angelegenheit", raunte ihm die junge Frau zu. „Ich treffe mich heute Abend mit einem Bekannten. Da er vermutlich wieder intim wird, möchte ich vorsorgen. Das Problem ist nur, dass er da unten – Sie verstehen, was ich meine – etwas zurückgeblieben ist. Gibt es auch Kondome, die ein bisschen enger sind? Er selbst getraut sich nämlich nirgends danach zu fragen."

„Selbstverständlich haben wir verschiedene Größen auf Lager", flüsterte Uwe zurück. „Einen kleinen Moment bitte, ich gehe schnell nach hinten."

Er kam mit einer Schachtel zurück und legte sie zusammen mit einem kleinen Stück Papier auf die Theke. „Ihr Rezept bekommen Sie zurück, gnädige Frau", sagte er laut, um die etwas peinliche Situation zu überspielen.

Die überraschte blonde Kundin überflog, was auf dem Zettel stand. „Lassen Sie das Date mit Ihrem Bekannten sausen. Ich lade Sie stattdessen zu einem Discobesuch ein. Wie wär`s, wenn wir uns um 23 Uhr im Barococo am Tresen treffen?"

Die Blondine bedachte ihn mit einem hinreißenden Lächeln und schrieb ihrerseits ein Wort auf das *Rezept*. „Einverstanden!"

Uwe Kretzsche konnte es kaum erwarten, bis der große Zeiger an der Uhr über dem Tresen auf die Zwölf sprang. Pünktlich auf die Minute betrat seine neue Eroberung den Club und schaute sich suchend um. Als sie ihn entdeckte, umarmte sie ihn zur Begrüßung vollkommen unbefangen.

„Wissen Sie, warum ich Sie gegenüber meinem Bekannten bevorzugte?" fragte die jetzt auffallend Geschminkte. „Ihr unverwechselbarer Dialekt hatte es mir sofort angetan. Ich konnte einfach nicht widerstehen."

Und so nahm der Abend genau den Verlauf, den sich Uwe ausgemalt hatte. Ein paar Cocktails, Schmusen auf der Tanzfläche und die ersten körperlichen Annäherungsversuche.

Die langhaarige Blondine mit ihren schwarzen Glutaugen war eine temperamentvolle Tänzerin, was auch durchaus andere Männer registrierten. Und mancher heiße Blick von Gegelten, Gestriegelten und aufgepumpten Muskelpaketen flog zu der sportlich-schlanken Frau. Bestimmt fragte sich mancher der *Eintänzer* im Jünglingsalter, was denn diese affengeile Puppe an diesem Mufty fände. Solch eine Maid brauchte doch einen echten Kerl, einen der Eier hatte.

Ein besonders Mutiger, der beim Einatmen

immer kurz davor war, aus Hemd und Hose zu platzen, sprach sie auch an, ob er sie auf einen Drink und einen Joint einladen dürfe. Doch als Antwort schmiegte sie sich nur noch enger an Uwe.

Nach drei Stunden sagte die Frau, die sich mit *Janina* vorgestellt hatte. „Komm, lass uns gehen. Die Möchtegern-Arnies öden mich so langsam an und ich habe heftig Bock auf dich. Du hast mich schon richtig auf Touren gebracht und so haben wir noch ein paar Stunden für uns. Gehen wir zu mir?"

„Ich glaube, ich habe einen besseren Vorschlag", meinte Uwe. „Es ist so eine herrlich warme Nacht. Wie wär`s, wenn wir ins freie Gelände fahren? Ich kenne da eine schöne, verschwiegene Ecke."

„Eigentlich hast du recht", stimmte Janina zu. „Das erinnert mich an die ersten Bumsversuche, als man noch niemand mit auf die Bude nehmen durfte. Und dazu ein herrlicher Sternenhimmel und Mondschein pur – ich glaube gar, dass heute Vollmond ist."

Und so stiegen sie in Uwes HN-UK 113 und fuhren in Richtung Bad Friedrichshall. Unterwegs strich Janina schon mal über seine Hose und lenkte seine rechte Hand verheißungsvoll unter ihren Minirock.

Uwe schwebte im siebten Himmel. Solch ein Rasseweib. Und ausgerechnet mit ihm wollte sie Sex haben. Hundert Meter vor einer hell erleuchteten AGIP-Tankstelle bogen sie rechts ab und schon bald landeten sie auf einem einsamen Feldweg. Ringsum nur Wiesen. Es duftete nach Gras und Heu.

„Na, wie gefällt es dir hier?" sächselte der Liebhaber in spe. Sie reagierte nicht darauf und knöpfte ihm stattdessen das Hemd auf. Er schob ihr enges T-Shirt hoch und küsste unbeholfen ihre Brustwarzen. Nebenbei hatte sie seine Hose geöffnet und abgestreift. Sie drängten sich auf den Rücksitz.

„Du bist ja ein richtig geiler Typ. Ich bin echt gespannt, was du so drauf hast", sagte erwartungsvoll die hübsche Blondine. „Und so braun gebrannt. Warst du im Urlaub? Es macht mich jedenfalls unheimlich an, die weißen Stellen an deinem Body zu suchen."

Damit riss sie ihm den Slip herunter und warf einen neugierigen Blick auf Uwes untere Körperhälfte, um gleich darauf laut loszuprusten: „Oh je, und ich dachte, er mag mich! Ja mein süßer Kleiner, du musst aber noch kräftig wachsen, um mit der Tante Janina spielen zu dürfen. Im Moment reicht´s wohl nur dazu, Pipi zu machen. Da hat ja mein verschmähter Bekannter noch mehr vorzuweisen."

Da explodierte eine ganze Ratsch-Bumm-Salve in Uwes Gehirn. Er sah die billige Hure Vanessa vor sich, hörte wieder ihre zotigen Bemerkungen über seinen angeblich unterentwickelten Freudenspender.

Als hätte jemand einen Schalter umgelegt, entwickelte sich der gerade noch in Lust Erglühte zum triebgesteuerten Unmenschen.

Wie aus dem Nichts hielt er plötzlich eine geöffnete Pralinenschachtel mit *Mon Chérie* in der Hand. „Das wird schon noch", brachte Uwe mit mühsam beherrschter Stimme hervor. „Ich bin eben übererregt. Ist ja schließlich auch kein Wunder. Ich fahr voll auf dich ab. Du wirst sehen, in zwei Minuten ist mein Jonny voll betriebsbereit. Wie wär´s, wenn du solange eine von diesen ersoffenen Kirschen lutscht und dich auch ausziehst?"

Als seine Eroberung nicht sofort zugriff, versuchte er, ihr zuerst spielerisch – danach mit Gewalt - eine Praline in den Mund zu schieben.

Da änderte sich von einem Moment zum anderen der spöttische Ausdruck in Janinas Gesicht. Sie riss sich die blonde Perücke vom Kopf und hervor kamen tiefschwarze Locken. Gleichzeitig zog sie aus ihrer Handtasche einen Dienstausweis und hielt ihn unter seine Nase.

„Gestatten: Kriminalmeisterin Sibel Ökücü vom Dezernat für Gewaltverbrechen. Das Spiel ist aus! Uwe Kretzsche, ich verhafte Sie wegen Mordes an Martina S., begangen hier an gleicher Stelle mit giftpräparierten Mon Chérie. Alles, was Sie von jetzt an sagen, kann zu einem späteren

Zeitpunkt gegen Sie verwendet werden. Legen Sie endlich ein Geständnis ab!"

Unartikulierte Laute kamen aus der Kehle des überführten Täters. Wie ein tollwütiges Tier fletschte er die Zähne. Und ehe Sibel es verhindern konnte, griff Uwe Kretzsche in die Schachtel und holte zwei der Pralinen heraus. Er zerbiss sie und schluckte sie mit einem lauten Stöhnen hastig hinunter.

Sie wusste, damit hatte er sich selbst zum Tode verurteilt. Es würde überhaupt nichts bringen, einen Notarzt anzufunken oder ihn zum nahe gelegenen Klinikum am Plattenwald zu schaffen. Der Mörder der Martina S. hatte soeben das glaubwürdigste Geständnis abgelegt, zu dem ein Täter fähig ist.

Die Witwe Ohnsorg erhielt wenige Tage später die ausgesetzte Belohnung, weil sie den entscheidenden Hinweis für die Ergreifung des Frauenmörders gab. Außerdem wurde sie vom Innenminister und Polizeidirektor öffentlich geehrt.

Sechs Monate später heiratete ich, der zum Landeskriminalamt Baden-Württemberg in Stuttgart abgeordnete Kriminaldirektor Stefan Baumann, die Kriminalhauptmeisterin Sibel Ökücü.

Kollege Sepp Holdermüller, als indirekter *Förderer* unserer Beziehung, und mein früherer Chef beim BKA, der mich zu diesem schwierigen

Einsatz ja erst verdonnert hatte, wurden von uns zu Trauzeugen ernannt.

Und den vorhergehenden Polterabend feierten wir – wie durfte es anders sein – ausgelassen in den gastlichen Räumen der Familie Friedauer.

Jedem unserer Gäste überreichten wir als Erinnerungsgeschenk eine „Original" Schachtel Mon Chérie-Pralinen.

Mordmerkmale

Bei Mord ist immer von einer *vorsätzlichen* Tötung auszugehen. Zur Abgrenzung von Tötung und Mord sind in § 211 des Strafgesetzbuches (StGB) spezielle Merkmale aufgeführt, von denen mindestens eines vorliegen muss, um den Tatbestand des Mordes zu erfüllen.

Im vorliegenden Fall ist auf jeden Fall das Merkmal *Heimtücke* (=Gift) erfüllt. Diese Auslegung würde bestimmt auch einer vom Bundesverfassungsgericht inzwischen geforderten restriktiven Interpretation standhalten. Die Wehrlosigkeit des Opfers wurde nämlich durch den Verzehr einer mit CKW getränkten Praline erreicht, wodurch es zuerst in einen Zustand der Bewusstlosigkeit versetzt und missbraucht (in diesem Fall geschändet) wurde.

Auch der niedrige Beweggrund zur *Befriedigung des Geschlechtstriebs* ist hier erfüllt.

Der Autor geht sogar davon aus, dass auch das Merkmal zur *Verdeckung einer Straftat* zu unterstellen ist. Der Täter war sich sehr wohl bewusst, dass man die Spuren des Geschlechtsverkehrs entdecken würde. Er hat sich ja in keiner Form bemüht, dies zu vertuschen, sonst hätte er ein Kondom benutzt. Er wollte diesen sogar als einvernehmlich darstellen und vermied sämtliche Spuren einer äußerlichen Gewaltanwendung. In Wirklichkeit *rächte* er sich jedoch am wehrlosen Opfer. Er musste dieses auf jeden Fall töten, um von sich als Täter abzulenken. Zudem vertraute er darauf, dass man die *Tatwaffe* nicht entdecken würde.

Da das Opfer blond war und die Tat in einer Vollmondnacht geschah, muss sogar unterstellt werden, dass der Mörder wieder durch irgendwelche provozierenden Äußerungen sexuell gedemütigt wurde, sodass in ihm erneut blinder Hass und geradezu *Mordlust* erwachten.

Genetischer Fingerabdruck

Als *genetischer Fingerabdruck* wird ein DNA-Profil eines Individuums bezeichnet, das für dieses in hohem Maße charakteristisch ist.

Das Verfahren wird in der Molekularbiologie auch Genetic Fingerprinting oder DNA-Fingerprinting genannt. Alec Jeffreys war 1984 durch Zufall auf das Verfahren gestoßen. In Deutschland wurde es erstmals 1988, als Beweis in einem Strafprozess, vor Gericht anerkannt.

Mit der seither an Verdächtigen beziehungsweise verurteilten Gewaltverbrechern vorgenommenen DNA-Analyse wurden bisher mehrere Zehntausend von Straftaten aufgeklärt. Seit Jahren existiert eine entsprechende Datenbank, in der mittlerweile Hunderttausende Datensätze gespeichert sind.

Diese DNA-Analyse-Datei, kurz DAD, ist die Datenbank für Deutschland und wird vom Bundeskriminalamt zentral betrieben.

Die Datensätze können entgegen vielfachen Vermutungen nur zum Abgleich der DNA zweier Menschen herangezogen werden und bergen keine zusätzlichen Folgerungen auf die Erbinformation einer einzelnen Person.

Es werden sowohl die durch eine DNA-Analyse ermittelten genetischen Fingerabdrücke von bereits bekannten Personen *(Personendatensätze)* als auch von Tatortspuren, die von noch unbekannten Personen stammen *(Spurendatensätze)*, registriert und abgeglichen.

Der DNA-Beweis ist heute das erfolgreichste kriminalistische Instrument bei der Identifizierung von Tätern und der Zuordnung von Tatspuren.

Im polizeilichen Bereich werden (in Deutschland üblicherweise die bei den Landeskriminalämtern angesiedelten) Laboratorien damit beauftragt, aus DNA-Proben die wichtigen Teile herauszufiltern und der Datenbank zur Verfügung zu stellen, die dann unbekannte DNA-Profile (etwa von Tatortspuren oder unbekannten Leichen) mit bereits gespeicherten DNA-Profilen von bekannten Personen vergleicht.

Für den genetischen Fingerabdruck wird die DNA im ersten Schritt aus menschlichen Zellen isoliert, etwa aus Zellen der Mundschleimhaut, des Blutes, aus Haarfollikelzellen oder Spermien.

Für die Untersuchung reicht theoretisch eine einzige Zelle aus. Bestimmte DNA-Abschnitte mit Wiederholungssequenzen werden anschließend mit Hilfe der Polymerase-Kettenreaktion vervielfältigt.

Für die anschließende Restriktions-Fragment-Längen-Polymorpismus-Analyse wird die vervielfältigte DNA mit hoch spezifischen Enzymen an definierten Stellen geschnitten.

Die unterschiedlichen Fragmente werden dann in einem Gel nach Größe und Ladung aufgetrennt und können durch spezifische Nachweistechniken (Färbung, Zugabe von komplementären DNA-Markern) sichtbar gemacht werden.

Bei einer Standard-Analyse werden von zwei zu vergleichenden DNA-Proben 12 bis 16 Gen-Orte auf Identität untersucht. Aus dem Ergebnis errechnet sich statistisch die Wahrscheinlichkeit der Übereinstimmung einer zum Beispiel an einem Tatort gesicherten DNA-Spur mit der DNA-Probe eines möglichen Täters.

Weitergehende Aussagen, etwa zu Geschlecht, Hautfarbe, Herkunft, Charakter oder möglichen Erbkrankheiten, sind mit dieser Methode nicht möglich.

Chlorierte Kohlenwasserstoffe (CKW)

Dies ist die Sammelbezeichnung für organische Verbindungen, die mindestens ein direkt an einem Kohlenstoffatom gebundenes Chloratom enthalten. CKW sind in vielen Produkten zu finden, wie zum Beispiel Lösemittel, Kühlflüssigkeiten, Hydaulikflüssigkeiten und Pestizide.

CKW werden je nach Struktur und Chlorierungsgrad durch Mikroorganismen praktisch nicht oder nur mit einer sehr geringen Abbaugeschwindigkeit abgebaut.

Als eine aromatische Chlorverbindung ist TCCD - ein besonders giftiges Dioxin - hervorzuheben.

Chlororganika werden seit den 1930er-Jahren synthetisch hergestellt.

Von Otto Hutzinger, einem bekannten Wiener Chemiker, stammt die Aussage: „Gott schuf 91 Elemente, der Mensch etwas mehr als ein Drittel und der Teufel eines – das Chlor."

Forensische Toxikologie

Die Toxikologie zählt zur Pharmakologie. Sie ist die Lehre von den Giften und beschäftigt sich mit ihnen und ihren Auswirkungen.

Toxine sind entweder körperfremd oder liegen in extrem hoher unphysiologischer Konzentration vor, sodass sie enorme Funktionsstörungen bewirken.

In der Vergangenheit waren besonders Tier- und Pflanzengifte wichtig, wohingegen heutzutage chemische Gifte die Überhand gewonnen haben. Der Giftbegriff hat sich also folglich im Laufe der Zeit erheblich gewandelt.

Die forensische Toxikologie ist ein Teilgebiet und beschäftigt sich mit dem Nachweis oder Ausschluss von Vergiftungen. In der heutigen Zeit ist sie unentbehrlich für die Todesfallaufklärung.

Die Nachweisverfahren müssen verschiedene toxische Substanzen unterscheiden und ihre Menge im Nanogramm pro Millimeter Bereich angeben können.

In geringen Mengen sind Gifte teilweise Medizin für die Menschen, in hohen Dosen allerdings wird man mit ihnen schnell Feinde los. So sagte im 16. Jahrhundert schon Paracelsus „Dosis sola facit venenum" (Die Dosis allein macht das Gift). Gifte waren also schon immer von großer Bedeutung, wenn es sich beispielsweise um Ehebruch, Macht und Geld handelte. Denn nichts ist im ersten Moment so unauffällig und verursacht so wenig Gegenwehr.

Was ist Gift? Die Beantwortung dieser Frage ist schwieriger als vermutet. Die versuche, den Giftbegriff zu definieren, reichen bis ins Altertum zurück. Schon im 3. Jahrhundert v.u.Z. wurde grundsätzlich zwischen einem Heilmittel und einem Gift unterschieden. Unter Giften wurden solche Stoffe verstanden, *die im Gegensatz zu den therapeutisch anwendbaren Mitteln schon in geringer Menge töten.* Auch die größte Autorität der arabischen Alchimie, der legendäre Gäbir ibn Hayyän, erklärte, dass *Gifte ihre Wirkung durch ihre Quantität, nicht ausschließlich durch ihre Natur entfalten.*

Abschließend soll noch der Berliner Toxikologe Louis Lewin zitiert werden: „...unter bestimmten Beschaffungszuständen eines Stoffes und des von ihm betroffenen Menschen kann ein Gift zu einem Nichtgift und ein der landläufigen Auffassung nach als Nichtgift geltender Stoff zu einem Gift werden."

Schon sehr früh fand man auch zu absonderlichen Vergiftungsmöglichkeiten. Falls zum Beispiel kein Gift zur Hand war, das geruch- und geschmacklos sowie unverkennbar durch den Mund eingeführt werden konnte, griff man zu anderen Beibringungsarten, vor allem zu den Klistieren. Weibliche Geschlechtsteile wurden mit Arsenik eingerieben oder Gifte wurden über die Nasenschleimhaut in das Blut aufgenommen (Schnupftabak).

Quellen

„KRIMINALTECHNIK - Mit der Wissenschaft auf Verbrecherjagd" (Brian H. Kaye)
„Die Gifte in der Weltgeschichte" (Louis Lewin)
„Tote geben zu Protokoll – Berühmte Fälle der Gerichtsmedizin" (Ingo Wirth)
„Handbuch der Kriminalistik – Wissenschaft und Praxis der Verbrechensbekämpfung" Band 1 und 2 (Groß/Geerds)
„Was ist was – Kriminalistik"
„Onmedia: Medizin und Gesundheit"
„Wasser-Wissen" GSF – Forschungszentrum für Umwelt und Gesundheit, FLUGS-Fachinformationsdienst
bka.de „Infos rund um die DNA-Analyse"
crimeandscience.de